ころころ手鞠ずし

居酒屋ぜんや

坂井希久子

時代小説文庫

角川春樹事務所

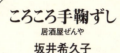

目次

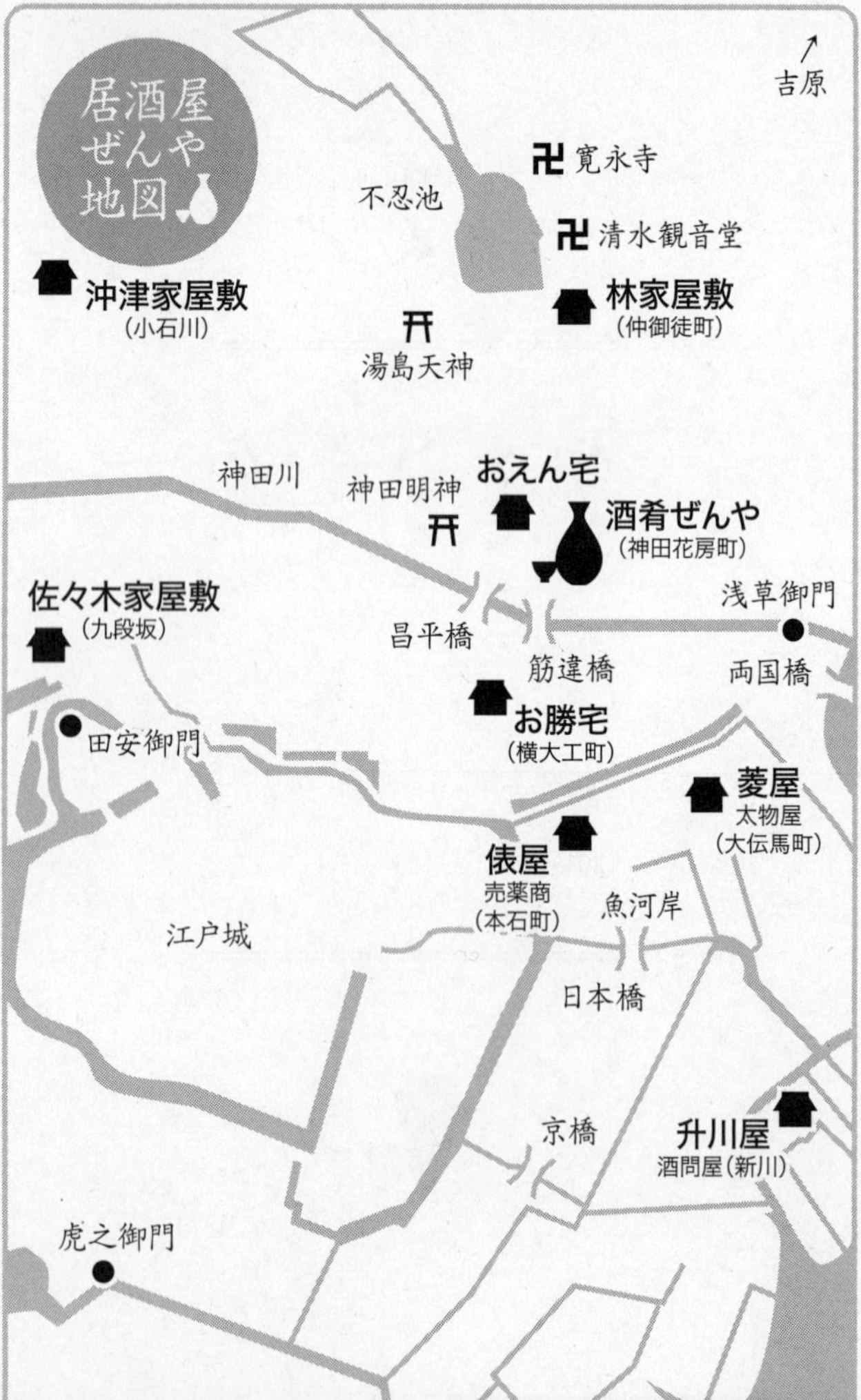
居酒屋ぜんや地図
吉原
寛永寺
不忍池
清水観音堂
沖津家屋敷
（小石川）
林家屋敷
（仲御徒町）
湯島天神
神田川
おえん宅
神田明神
酒肴ぜんや
（神田花房町）
佐々木家屋敷
（九段坂）
浅草御門
昌平橋
筋違橋
両国橋
お勝宅
（横大工町）
田安御門
菱屋
太物屋
（大伝馬町）
俵屋
売薬商
（本石町）
魚河岸
江戸城
日本橋
京橋
升川屋
酒問屋（新川）
虎之御門

ころころ手鞠ずし

居酒屋ぜんや

〈主な登場人物紹介〉

林只次郎《はやしただじろう》……小十人番士の旗本の次男坊。鶯が美声を放つよう飼育するのが得意で、その謝礼で一家を養っている。
お妙《たえ》……神田花房町にある、亡き良人《おっと》が残した居酒屋「ぜんや」を切り盛りする別嬪女将。
お勝《かつ》……お妙の義姉。「ぜんや」を手伝っている。十歳の時に両親を亡くしたお妙を預かった。
おえん……「ぜんや」の裏長屋に住むおかみ連中の一人。左官の女房。
お葉《よう》……只次郎の兄・重正の妻。お栄と乙松の二人の子がいる。
柳井《やない》……お葉の父。北町奉行所の吟味方与力。
佐々木《ささき》……一千石取りの小十人頭。只次郎の父親の上役。只次郎に鶯の鳴きつけなどただ働きをさせる。

「ぜんや」の馴染み客
菱屋《ひしや》のご隠居……大伝馬町にある太物屋の隠居。只次郎の一番のお得意様で良き話し相手。
升川屋喜兵衛《ますかわやきへえ》……新川沿いに蔵を構える酒問屋の主人。妻・お志乃は灘の造り酒屋の娘。
俵屋《たわらや》の主人……本石町にある売薬商の主人。俵屋では熊吉が奉公している。

大嵐

一

激しい雨風に弄《なぶ》られて、雨戸がガタガタと恐ろしげに鳴っている。

昼からの大雨が風を伴い、いっそう強くなったようだ。家ごと吹き飛ばされるのではないかと危ぶまれるほど、凄《すさ》まじい音がしている。

寛政《かんせい》三年（一七九一）、葉月《はづき》六日。大嵐《おおあらし》の夜である。

早めに居酒屋を店じまいして竈《かまど》の火を落としたお妙《たえ》は、一人床几《しょうぎ》に腰掛けて、不安に高鳴る胸にそっと手を添えていた。

風がごうと渦《うず》巻いている、こんな夜は不穏な記憶が呼び覚まされて、落ち着かない。鼻先にほんのりと、煙のにおいが甦《よみがえ》る。

先月十六日の、送り火を焚《た》いた後のことだ。焙烙《ほうろく》の中の、燃え尽きた苧殻《おがら》に視線を落としたまま立っていると、浅草橋方面からえっさ、ほいさと駕籠《かご》が近づいて来た。

傍らに立っていたお妙の義姉《あね》・お勝《かつ》が「ん？」とそちらに目を向ける。駕籠舁《か》きの掛け声に混じって名前を呼ばれたような気がした。

「──つさん、お妙さぁん！」

やはり呼んでいる。目を凝らせば、常連客である菱屋《ひしや》のご隠居が力綱《ちからづな》に摑《つか》まって、駕籠の覆《おお》いから身を乗り出していた。

「うわぁ、危ないですよご隠居！」

隣にいた林只次郎《はやしただじろう》が、慌てて走り寄る。寄る年波も考えず、無茶なことを。落っこちたら腰でも痛めかねない。

だが古狸《ふるだぬき》然としているご隠居が、これほど慌てるとはなにごとだろう。駕籠が止まると賃銭を払うのも忘れて転《まろ》び出《い》で、只次郎に助けられ近づいてくる。

そして荒い息の下から、「又三《またぞう》ですよ」とひとこと発した。

「えっ、又三が見つかったんですか？」

よかった、と喜色を浮かべたのは只次郎。

又三には、問い質《ただ》したいことがいくつもある。やっと話ができそうなのに、お妙は妙な胸騒ぎを覚えた。

「どこですか。ちゃんと足止めしてあるんでしょうね」

すぐにでも走り出さんと、只次郎が袴《はかま》の股立《ももだ》ちを取る。

だがご隠居はぜえぜえと荒い息を吐くばかり。目も合わせず、言葉の先を続けようともしない。

「あの、もしかして――」

嫌な想像が頭をよぎる。胸の動悸《どうき》がうるさいほどだ。できることならその先を、聞きたくないとすら思ってしまう。

ああ、でもご隠居は大川に浮いたという心中者を見に行ったのだ。金にあかして船まで出して、近くに寄って見たことだろう。

「又三だったんです」と、ご隠居は繰り返す。

お妙はやはりと目を閉じた。

「ですから、なにが又三――」

そう言いかけて、只次郎もはたと思い至ったのだろう。語尾が尻《しり》つぼみになり、黙ってしまった。

「ご隠居さん、ひとまず中へ」

気を取り直して、ご隠居から駕籠代を預かる。振り仰いだ茜色《あかねいろ》の空を、蜻蛉《とんぼ》が真っ赤な腹を見せて横切って行った。

又三の心中相手は岩本町《いわもとちょう》に住む、音曲《おんぎょく》の師匠だったという。近所の者は以前から又三の出入りを目にしており、男女の仲であったことは間違いがない。

年増《としま》とはいえ美しい女で、それゆえいたずらに見物人を集めてしまった。ご隠居と入れ違いに両国橋《りょうごくばし》へと走った只次郎によると、二人は互いの手首を紐《ひも》でしっかりと結わえてあり、それが橋脚に引っかかっていたらしい。

又三には入水《じゅすい》の前に匕首《あいくち》のようなもので胸をひと突きされた痕《あと》があり、それが命取りとなったようだ。橋番所の番人が朝まで気づかなかったそうだから、もっと上流から流されてきたのだろう。

「だけど、どうして心中なんて」

二人には、これといった身寄りはない。当然仲を反対するような者もおらず、世を儚《はかな》む理由などないはずであった。

「無理心中だったのかもしれませんよ。相手の心変わりが許せずに。げんに又三はお妙さんのことを――」

お妙に惚《ほ》れているかもしれないと、言い残して行った又三。只次郎がみなまで言わずに止めたのは、お妙に余計な責を負わせまいとしてだろう。

だが、それにしても引っかかる。

「でもおかしいですよ。女の力で又三さんを川べりまで引きずって行ったんですか?」

無理強いされたのなら又三だって、抵抗するはずである。その形跡がないのなら、寝込みを襲われたと見るべきだ。とすれば心中した死体は、女の家で見つかるのが自然である。

「それにその、胸をひと突きって」

言いながら、お妙は己《おのれ》の胸に手を当てた。心《しん》の臓《ぞう》を守るために、硬いあばらがそこにある。

「音曲のお師匠さんに、そんなことができるものでしょうか」

眉《まゆ》を寄せて訴えると、只次郎はハッと息を呑《の》んだ。

「いいえ。おそらく私にもできません」

そうだろう。たとえ二本差しでも手練《てだ》れでなければできぬ技だ。人を殺《あや》めたことのある侍など、今の世にはそう多くもあるまい。

「じゃあなんだい。二人は心中に見せかけて殺されたとでも言いたいのかい？」

お勝の言葉に、ぎゅっと胸が引き絞られる。だがお妙の言わんとしているのは、つまりそういうことだ。

「だとしたら、いったい誰《だれ》に」

只次郎がひとり言のように呟《つぶや》いた。お妙は静かに首を振る。

「分かりません。又三さんは、見てはいけないものを見てしまったのかも」

解せぬものを見たと、又三は言った。お妙を妾《めかけ》にと望む誰かの身辺を、探っていたはずなのである。

「あっ」と、只次郎が唐突《とうとつ》に声を上げた。心当たりがありそうだ。

だがお妙が先を促《うなが》すように顔を向けると、「いや、なんでもないです」と首を振る。

そんなはずはあるまい。

「あの、なにか思い当たることがあるならおっしゃってください」

「いいえ。又三のことですから、やはり痴情《ちじよう》のもつれじゃありませんか」

お妙が訴えるように見つめても、口を割る気はなさそうだ。胸の内にじわりと不信の影がにじむ。

小上がりにぐったりと身を横たえていたご隠居が、頭を振りながら半身を起こした。

「それよりもまず、二人の亡骸《なきがら》をどうにかしてやりましょうよ。あのまま魚の餌《えさ》にしちまうのは忍びない」

相対死《あいたいじに》とされているかぎり、彼らを弔《とむら》ってやることはできない。心得たとばかりに、只次郎が頷《うなず》いた。

只次郎の訴えにより、柳井《やない》殿が差し向けた南町奉行所の同心と医師の見立ては、「相対死としては不審な点多し」。遺体は引き上げを許されて、検分ののちに無事埋葬してやることができた。ささやかながら枕経《まくらぎょう》も上げ、その点ではよかったと安堵《あんど》している。

その一方で、心中を装った殺しとして調べが進められているにもかかわらず、下手人の手がかりはいっこうに摑《つか》めない。

又三と女は、なぜ殺されなければならなかったのか。

それを考えると、指先が冷たくなってくる。もしかすると己の進退と関《かか》わっているかもしれないと思うから、なおのこと。

たとえばお妙を妾にと望んでいたのが、とんでもない悪人だったのなら。その腹を探っていた又三の死は、お妙の責任でもある。

「実はさる筋から、お妙さんの素性を探るよう命じられていましてね」

最後に会ったときの又三の言葉を、もう一度思い起こしてみる。その言い草からして鶯《うぐいす》の糞《ふん》買《が》いであった彼の、取引の相手ではなかろうか。

だが鶯飼いの事情に詳しい只次郎は、てんで取り合ってはくれない。

「又三のことで動転しているのは分かりますが、それとこれとは別ですよ。お妙さんとはなんの関わりもありません」

　子供に言い含めるような声で、根拠のない慰《なぐさ》めを口にする。これではいったい、なにを信じればいいのだろう。

　屋根に叩《たた》きつけるような雨音が、いっそう強くなってきた。煙出《けむだ》しの天窓は閉めてあるが、隙間《すきま》からはぽたぽたと水が漏ってくる。

　勝手口の木戸が激しく揺れた。

「お妙ちゃん、お妙ちゃん。ちょっと、手を貸しとくれ」

　風ではない。よく知った声に名を呼ばれ、お妙は慌てて腰を浮かした。

二

「いやぁ。まいった、まいった。くたびれた」

　八月に入り朝晩はすっかり秋らしくなってきたというのに、裏長屋に住むおえんは腕まくりをして鼻の頭に汗をかいている。

　ひと晩ほとんど寝る暇もなく、働き通しだったのだから無理もない。お妙は濡《ぬ》れて貼《は》りつく着物を着替え、ほつれた鬢《びん》を直しながら頷いた。

「ええ、本当に。やっと雨が止《や》みましたね」

とはいえ風はまだ残っている。雨に打たれた体を清めたいのは山々だが、このぶんでは風呂屋《ふろや》は火を焚けないだろう。濡れ手拭《てぬぐ》いで拭う程度で我慢するしかない。

小上がりには、風呂敷《ふろしき》に包まれて運ばれてきた草紙の類《たぐい》が雑多に積まれている。貸本屋を営む大家のものだ。

雨が最も激しくなった頃合《ころあ》いに、まるで天井が抜けたような雨漏りがすると大騒ぎになり、手分けをして運び込んだのである。紙に水は大敵だから、店子《たなこ》の前にはめったに顔を見せない亭主も泡を食って走り回っていた。

他にもどぶが詰まって溢《あふ》れたとか、厠《かわや》の屋根が吹き飛ばされたとか、裏店《うらだな》に住むおタキが腰を抜かしたとか、問題は夜通し起こり、ようやくひと息ついたところである。

明け六つ（午前六時）の鐘はとうに鳴り、闇夜《やみよ》の中を駆けずり回っていた身からすれば、外は白々しいほど明るかった。そこかしこからトンテン、カンテンと、素人《しろうと》の使う金槌《かなづち》の音が響いてくる。大工は当分大忙しで裏長屋の修繕など後回しだろうから、とりあえずの処置である。

引っくり返りそうなほど身を反らして床几に腰掛けていたおえんが、あくびをひとつ嚙《か》み殺した。

「おタキさんの様子はどう？」

「よく眠っているようですよ」

「そう。あの人もすっかり気が弱っちまって、心配だねぇ」

周囲の騒々しさに怯《おび》えて腰を抜かしたおタキは、人の出入りの激しい長屋よりは落ち着けるだろうと、二階の内所《ないしょ》で休ませている。

先月の髪切り騒動からこっち、ざんばら髪を頭巾《ずきん》で隠し、ほとんど寝たきりなのが気がかりだ。歳《とし》が歳だけに、もしものことを考えてしまう。

「おタキさんが起きたら、うちの亭主に裏店へ運ばせようね。ああ、アタシも眠いんだけど、やけに頭の芯《しん》が冴《さ》えちまって眠れそうにないや」

「そうですねぇ。まだ後片付けもありますし」

幾人もが泥だらけの土足で走り回ったから、店の土間は汚れていた。小上がりを塞《ふさ》いでいる草紙類も、内所に運び上げておかなければ。

だがこれほどの嵐の後では、いつも大挙して昼飯を食いにくる魚河岸《うおがし》の男たちもそれどころではないだろう。店を開けるのは夕方からでもいいかと思うと、とたんに億《おっ》劫《くう》になってしまう。

開け放した勝手口の向こうから、子供たちのはしゃぐ声が聞こえてくる。ぬかるみを蹴散《けち》らして遊んでいるようで、おかみさん連中からは悲鳴が上がった。

呑気《のんき》に笑うのは男たち。嵐の夜を乗り越えて、和やかな気配に包まれている。

思わず知らず、口元が弛《ゆる》む。不安は少しも消えやしないが、鬱々《うつうつ》と日々を過ごしていてもしょうがない。嵐もいつかは過ぎるのだ。

お妙はぐっと顔を上げ、帯に挟んであった襷《たすき》を取り出した。

「ひとまず、ご飯を炊きましょう。お腹空《なかす》きましたよね」

「ああ、そうだね。うちに美味《おい》しい梅干しがあるんだ。もちろん貰《もら》い物だけどさ。取ってくるよ」

疲れのにじんでいたおえんの顔が、ぱっと輝く。

ものを食うというのは、その食物が持つ力を体に取り込むということだ。ゆえに腹が満ちれば気力も湧《わ》く。

飯と聞いただけで元気を取り戻したらしく、おえんが勢いよく床几から立ち上がる。

ところが勝手口に向かって二歩三歩踏み出したところで、「わっ!」と声を上げて棒立ちになった。

いつの間にか目の前に、老婆が立っていたのである。

身丈《みのたけ》はおえんの腰より少し高いくらい。ひどく小柄なせいで、眼中に入らなかったのだ。

竈に火を入れようとしていたお妙もぎょっとして、急ぎそちらに駆け寄った。

老婆は何度も水に潜《くぐ》らせたらしい格子《こうし》縞《じま》の単衣《ひとえ》を身に着け、白くなった髪は痩《や》せて髷《まげ》が結えないのか、頭には手拭いを巻いていた。ぎょろりとした双眸《そうぼう》は右側だけが白濁しており、おそらくこちらはものが見えていないのだろう。

見知った顔だ。お妙はほっと息をつく。

「ええっと。お銀《ぎん》さん、ですよね」

裏店の、行方《ゆくえ》不明になった駄染《だぞ》め屋の後に入った店子だ。大家が言うには少しばかり名の知れた人相見《にんそうみ》だそうで、「先生」と訪ねてくる客は多いという。その心づけと、近所に住むという息子の嫁からの差し入れで、暮らしを立てているようだ。

老婆は否《いや》とも応とも言わず、じっとお妙を見上げてくる。おもむろに左目を閉じ、見えぬはずの右目をかっと見開いた。

「あのぅ」

「男だね」

「は？」

老婆は意外に艶《つや》のある声をしていた。

言われたことの意味が分からず、お妙は軽く首を傾《かし》げる。

「あんたは男を殺す女の相だ。誰か、身近な人が死ななかったかい？」

脈絡のないことを問われ、頭が一時真っ白になる。老婆は気にせず先を続けた。

「げんに、あんたの後ろに男が一人ついてる。ええっと、コ、ロ、サ——。『殺された』と言っているようだね」

脇腹《わきばら》にぞわっと寒気が走る。まさか、又三のことを言っているのか。

だが又三が殺されたかもしれないと知る者は、裏店にはいないはず。詳しいことはおえんにさえ喋《しゃべ》っていないのだ。それをなぜ老婆が知っている。

「そこでだね」

お妙が用心のためなにも言い返さずにいると、老婆は自分の懐《ふところ》をまさぐりだした。取り出したのは端布《はぎれ》で作られた巾着《きんちゃく》である。

「あんたにはこの守り袋をやろう。なぁに、たったの三百文さ」

「高いよ！」

すかさずおえんが文句をつける。腰に手を当て、肥えた体をいっそう大きく見せて凄《すご》んだ。

「婆《ばあ》さんこれはね、詐欺《さぎ》というんだ。人の弱みにつけ込んで、金を巻き上げようったってそうはいかないよ。だいいちアタシらの周りには、殺しなんか起きちゃいないんだから。ね、お妙ちゃん」

「え、ええ。そうですよね」

おえんにことの次第を伝えておかなくてよかったと、心から思う。本当のところを知っていれば、頭っから老婆を信じて大騒ぎになっていたことだろう。「えっ、嘘《うそ》。なんで分かるの。嫌だ、怖いよぅ。守り袋おくれよぅ」と泣きつく姿が目に浮かぶようだ。

言い争うつもりはないらしく、老婆はそっぽを向いて守り袋を懐に戻した。

「ちょっと。婆さん今、舌打ちしたね」

「してないよ」

「したよ。『チッ』て聞こえたよ。そんなんじゃ、ろくな死にかたしないよ」

「あんたに死にかたを決めてもらう筋合いなんざないさ」

「ああ、もう！」

当てずっぽうだったのならそれでいい。ひと月前に越してきたばかりの老婆が又三を知るはずがないのだ。だがもし誰かに聞いて来たのなら、出どころを探っておいたほうがいいだろう。

「あの、お銀さん。これからご飯を炊きますので、朝餉《あさげ》がまだならご一緒しませんか?」

にっこりと、微笑《ほほえ》みを浮かべて誘いかける。

おえんが「これだもの」と息をついた。

「お妙ちゃんのいいところでもあるけどさぁ。お人好《ひとよ》しがすぎるよ、まったく」

それほどでもないんだけれど。おえんの小言を聞き流しながら、お妙は微笑みをいっそう深くした。

三

「まったく、ひどい嵐でしたねぇ」

昼八つ(午後二時)を過ぎてやって来たご隠居が、やれやれと首を振る。大伝馬町《おおでんまちょう》の大店《おおだな》菱屋でも、瓦《かわら》が飛ばされるなどの被害が出て、奉公人たちは大童《おおわらわ》だったという。

「まぁうちはその程度で済みましたけどね。洲崎《すさき》のほうはひどい有様だそうですよ」

すでに風も収まり空は青く澄んでいるが、大嵐の爪痕《つめあと》はそこここに残っている。なんでも永代橋《えいたいばし》の袂《たもと》の相川町《あいかわちょう》には廻船《かいせん》が三艘《そう》吹き上げられたというし、深川は高潮が入って水浸《みずびた》し。洲崎弁天あたりの家は流され、かなりの死者を出したという。

「とはいえお妙さんに大事がなくてよかったです。一人で心細い思いをしているんじゃないかと、心配していたんですが」

ちょうど見舞いに来合わせた只次郎も、ご隠居に誘われ小上がりに上がり込む。こちらは屋敷の庭木が倒れた程度で、さほどの害はなかったようだ。

「心細いどころじゃないよ。ひと晩中走り回って大変だったんだから」

そう言うおえんの頰《ほお》には畳の跡がくっきりと残っている。朝餉を食べて亭主を仕事に送り出してから、つい先ほどまで寝ていたのだろう。

起き抜けで空腹を覚えたらしく、「お妙ちゃん、奴《やっこ》をおくれ」と現れた。床几に掛けて、昨夜の奮闘ぶりを講談調に話しだす。

「大袈裟《おおげさ》だねぇ」と、お勝が頰を歪《ゆが》めて笑った。

この花房町《はなぶさちょう》だけでなく、江戸の町はどこも似たような有様だったのだろう。

「亡くなった方のことを思うと、なかなか『よかった』とは言いづらいですよね」

お妙はぬるめにつけたちろりを運び、ご隠居と只次郎に注《つ》ぎ分けた。

「いや、それはまぁそうなんですが」

先ほどお妙の無事を喜んだばかりの只次郎が、しどろもどろになっている。

又三の一件以来、なにかを知っているはずなのに空惚《そらとぼ》け続けるこの侍に、疑心を抱くようになってしまった。下手人を挙げることよりも、守らねばならぬ大事があるというのだろうか。

らしくないとはいえ、只次郎はやはり旗本の次男坊。庶民の痛みより、面目を重んじることもあろう。決して気軽に打ち解けていい相手ではなかったのだ。

そんな当たり前のことがやけに悲しいのは、それだけ気を許していた証《あかし》である。軽薄に振舞ってはいるが、この男は決して馬鹿ではない。もう少し頭を冷やしたほうがよさそうだ。

「でも私はやっぱり小物ですから、身の回りの人が無事ならよかったと思ってしまいますよ」

お妙の警戒が伝わらぬでもなかろうに、只次郎は相変わらずへらへらしている。この男は案外したたかなのだと気づく。

「ま、ひとまず、今日もこうして旨《うま》い酒が飲めるんだ。それは喜ばしいことでしょう」

ご隠居がそう言って、実に旨そうに盃《さかずき》を干す。「ふはぁ」とひと息ついた顔は、素朴な生の喜びにあふれている。

こんな日でも、店を休もうとはちらりとも考えなかった。それはこの憩いのひととき
を、自分も求めていたからだ。
ご隠居の酒を注ぎ足して、お妙は肩の力をほっと抜いた。
日本橋も川べりは、往来に水が上がったという。海が時化《しけ》て漁ができず、日に千両
と言われる魚河岸も、商いにはならなかったことだろう。
「すみません。せっかく来ていただいたのに、お魚がちっとも入らなくて」
前もって分かっていれば心積もりもできようが、天候ばかりはどうにもならぬ。せ
めて一夜干しでも作っておけばよかったと悔やみつつ、お妙は小皿を折敷《おしき》に置いた。
「なんです、これは」
只次郎が恐々《こわごわ》と皿を覗《のぞ》き込む。見た目はまるで、鶏《にわとり》の生肝《いきぎも》を切ったよう。生々しさ
に、腰が引けている様子。
「イカワタの味噌《みそ》漬けです」
三日前にスルメイカの肝を漬けておいたのが、ちょうど食べごろになっていた。海
のものといえば、本当にこれくらいしか用意がない。
「どれどれ、いかにも酒に合いそうですね」

ご隠居が目を細めて箸《はし》を取った。いい具合に水気が抜けているので、摘《つま》み上げても辛《かろ》うじて形を保っている。切り口がとろりと艶を帯びていた。

「う〜ん、これはこれは。舌の上でねっとり蕩《とろ》けてゆきますよ」

「では、私もひとつ」

ご隠居の様子を窺《うかが》ってから、只次郎も後に続く。ひと切れ頬張って、目尻にくしゃりと皺《しわ》を寄せた。

「うわぁ、旨い。この深み！」

酒でも飯でもいけますね、と大喜びだ。その食いっぷりを見ていると、どうしても気が弛みそうになってしまう。

心を込めた料理で人が笑顔になる。これほど嬉《うれ》しいことは、そうそうない。その点で只次郎は、お妙を喜ばせるのが上手《うま》いのだ。

新胡麻《ごま》を丁寧に練って作った胡麻豆腐、厚揚げの黒砂糖煮、蔓紫《つるむらさき》と山芋の和《あ》え物。二人の箸は止まることなく進んでゆく。

「お妙ちゃんアタシにも、味噌漬けとやらをひと切れおくれよ」

人が旨そうに食っていると、我慢できなくなるのがおえんである。

「奴に載《の》せても美味しいと思いますよ」と勧めてみると、すかさず只次郎が目を輝かせた。

「すみません、こちらにも奴を！」

お勝が呆《あき》れ顔で、空になったちろりを下げる。

「まったく、あんたらは賑《にぎ》やかだねぇ」

楽しげに振舞ってはいても、皆の心に又三の死が重くのしかかっていることは知っていた。その証拠に又三の葬儀以来、誰もその名を口にしない。

笑顔の裏でじりじりと、同心の調べが進むのを待っている。蟠《わだかま》りを抱えていても、人は飯を食わずにいられないのだ。

お妙は水に放《はな》ってあった豆腐にスッと包丁を入れた。しっかり水切りして薬味を添え、それからためしに作っておいた料理も別の器に盛りつける。

「よろしければ、こちらもどうぞ」と、さりげなさを装って差し出した。

「おお！」感嘆の声を上げたのは只次郎。

「蒸し鮑《あわび》ですか」

ご隠居の頰にも喜色が浮かぶ。俵物として高値で取引されるとあって、鮑はなかなか気軽に食べられるものではない。

「魚が入らなかったなんて言って、ご馳走《ちそう》じゃないですか。本当に食べてもいいんですか」

「ええ、もちろんです」

「あ、お代はご隠居につけといてくださいね」

只次郎の冗談に、お妙は含み笑いを返す。

「このひと皿は、いただかなくても結構です」

「なんでまた」

「召し上がっていただければ分かるかと」

お妙の返答を訝《いぶか》りつつも、只次郎は薄く切られた一片を摘み上げる。「肉厚ですね」と褒《ほ》めながら、ご隠居とほぼ同時に口に入れた。

いつもなら、すぐさま「旨ぁい！」と声が上がりそうなもの。なのに奇妙な間が空いた。舌で味わい歯で味わい、只次郎がはてと首を傾げる。ご隠居もまた珍妙な顔をしており、事情を知っているお勝が耐えきれずにふき出した。

想像していた味ではなかったのだろう。

「この歯応《はごた》えに、この風味。松茸《まったけ》ですか」

「ご明察」

ご隠居の問いかけに、お勝がニヤリと笑い返す。

「嘘だろう。見た目はすっかり鮑じゃないか」

おえんに手元を覗き込まれても、只次郎はまだぽかんとしていた。

「昔、料理書で見たのを思い出して、作ってみたんです」

精進《しょうじん》料理の、鮑もどきである。松茸の軸の太いのを、酒と醤油《しょうゆ》で煮含めて薄く切っただけ。それなのに色といい艶といい身の張りかたといい、鮑そっくりになったから驚いた。

「私もまさか、ここまで似るとは」

海の幸の仕入れがなく、どうにかあるもので一風変わった料理が作れないかと思案しているところに、ひょっこりと松茸売りがやって来たのである。

赤松の林さえあればいくらでも採れる松茸は、上方《かみがた》では身近な秋の味覚だった。庶民も松茸狩りを楽しんでおり、お妙も亡き父に連れられて懸命に探し回ったのを覚えている。

一方江戸には赤松の林が少なく、上方から塩漬けで運ばれてくる松茸は独特の風味が飛んでしまっている。江戸っ子にしてみればなにが旨いのか分からないようで、たまに採れる生の松茸もあまり人気がない。

そんなわけで松茸売りを見るたび喜んで買っていたら、季節になると真っ先に売りに来るようになった。昨夜の大雨で傘が開きすぎてしまう前にと、急いで収穫したという。

「面白いかと思ったんですが、拍子抜けだったみたいですね」

「とんでもない。ちょっとびっくりしただけですよ。これはこれで旨いです。味はまったく違いますけど」

「そりゃそうだろ。松茸から磯《いそ》の香りがしたらおかしいじゃないか」

只次郎が必死に言い繕《つくろ》うのを、お勝が鼻先で笑い飛ばす。

お妙はすまなそうに眉尻を下げた。

「はじめから、鮑もどきだと言っておけばよかったんですね。後から知るのは残念ですもの」

言葉の裏に含みを感じたのか、只次郎がぐっと喉《のど》を詰まらせる。そんなつもりはなかったのに、つい厭味《いやみ》が出てしまった。

当てこすりに気づかぬほど愚鈍《ぐどん》ではないご隠居やお勝も、只次郎をちらりと見てから、なにごともなかったかのように盃や煙管《きせる》に口をつける。もしやこの二人もなにか知っていて、自分だけが蚊帳《かや》の外なのではあるまいか。

疑いだしたらきりがない。

やっぱり私は、ちっともお人好しなんかじゃないわ。

「松茸、たくさんありますから、焼きましょうか」

後味の悪さを押し隠すために、お妙は目元を綻《ほころ》ばせた。


「う〜ん、鼻に抜けるようないい香りですねぇ」

小型の七厘《しちりん》を前にして、只次郎が鼻をうごめかせる。

松茸の水気が飛びすぎないよう、酒に浸した紙を被《かぶ》せ、炭火でじっくりと炙《あぶ》ってゆく。酒気をはらんだ湯気が立ち、馥郁《ふくいく》たる香りが広がった。

松茸の魅力はなんといってもこの芳《かぐわ》しさ。香りを食うと言っても過言ではない。それを存分に味わうなら、蒸し焼きにするのが一番である。

黒く焦げた紙を取り除くと、湯気も香りもいっそう強く立ち昇る。歯応えが損なわれるので、焼きすぎは禁物だ。しんなりと焼けた丸ごと一本を手で裂いて、青柚子《ゆず》をキュッと搾《しぼ》る。

「まずはこのまま、なにもつけずに召し上がってみてください」

新鮮な松茸は上手く焼けば、旨味が身の内に凝縮《ぎょうしゅく》される。おそらく塩漬けのものしか食ったことがなかったであろう只次郎は、熱々を頬張り「はふぅ」と息を吐いた。

「これは、幸せですねぇ」

「ええ、秋そのものを食べているようです」

ご隠居も目を閉じて、山の恵みを堪能《たんのう》している。落ち葉の降り積もる林の中に、佇《たたず》んでいるような心地だろう。

「あとは塩でも醤油でも、お好きなように」

香りを邪魔しない塩も、こっくりと風味のつく醤油も、どちらも甲乙《こうおつ》つけがたい。

只次郎は醤油、ご隠居は塩が好みのようだ。

「この香りは酷《こく》だよぅ。アタシにも一本焼いとくれ」

「どうせ我慢できやしないんだから、最初《はな》っから頼んどきゃいいじゃないか」

人が食っているものが、やたらと旨く見えてしまうのはしょうがない。お妙は微笑を浮かべながら、おえんの要望に応えて網の上にもう一本松茸を置いた。

この後松茸飯でも拵《こしら》えようかと思っているが、羨《うらや》ましがるのを見越しておえんの分も炊いてしまおう。松茸は一緒に炊き込むと悲しいほど身が縮んでしまうから、あらかじめ煮ておいてその煮汁で米を炊く。合わせる出汁《だし》は昆布《こんぶ》のほうが、風味を邪魔しないはずだ。

七厘をお勝に任せ、準備に取り掛かるべく身を翻《ひるがえ》す。その拍子に目に入った戸口から、身を隠すようにして貧相な風体の男がこちらを覗き込んでいた。

四

みしりみしりと階段を踏む音がする。二階の内所から人が下りてきたのだ。元から小男なのに、ひどい猫背のせいでよけいに小さく見える。頭髪が乏しく髻《たぶさ》も痩せ、おどおどと周りを見回している。

お妙は炊き上がった松茸飯を茶碗《ちゃわん》につぎ分けてから、そちらに笑顔を振り向けた。

「どうです、お探しのものは見つかりましたか？」

戸口から覗く男と目が合ったときは一瞬ドキリとしたものだが、正体はこの家の大家であった。普段は世話になることの多いおかみさんのほうを「大家さん」と呼んでいるが、本来はこの男が正真正銘の大家である。

店子とのつき合いを嫌い、ほとんど家に引き籠《こも》っている大家が、わざわざ出張ってくるとは珍しい。なにごとかと用件を問えば、大事な秘蔵本の行方を捜しているという。

大家の家から運び込んだ草紙類は、お夕キを裏店に戻した後で二階に移しておいた。

屋根の修繕や畳替えに数日はかかるだろうからと、このまま預かっておく約束だ。おそらくその中に紛れているのだろうと、好きに見てもらっていたのだが。

松茸飯を称賛する只次郎たちの声をよそに、大家はむっつりと首を振った。

「あら、そうですか。じゃあ他の家に行っているのかもしれませんね」

大嵐の混乱の中、草紙類を退避させた先はなにも『ぜんや』ばかりではない。同じく大家の差配《さはい》である打物屋《うちもの》や仕立て屋にも、いくらか行っているはずである。

だが大家は頑《かたく》なに首を振る。蚊《か》の鳴くような声で、「隠すとためにならんよ」と呟いた。この男が目を合わさずに喋るのは、いつものことだ。

「隠しているつもりはないんですけど」

お妙は困って首を傾げる。あらぬ疑いをかけられている。

「私も一緒に探しますよ。どういった本でしょう」

そう尋ねても、押し黙ったまま答えようとしない。人と接するのが苦手で、偏屈《へんくつ》な男なのだ。

秘蔵と言うからには豪華本や、滅多《めった》に出回らない貴重書だろうか。ざっと見たかぎりでは、そういったものはなかったように思うのだが。

「ここにあるって、なんでそんなはっきりと言えんのさ」

旨いものに夢中になっていた面々も、こちらの異変に気づきはじめた。おえんが喧《けん》嘩腰《かごし》に絡んでくる。

「大事なものかもしれませんが、お妙さんが盗《と》ったような口振りは感心しませんねえ」

身なりのいいご隠居にまで窘《たしな》められ、大家はますます小さくなった。これではなにも聞き出せそうにない。

「ひとまず座って、麦湯でもいかがですか」

お妙は大家に床几を勧めてから、お勝にそっと耳打ちをした。

「それとなく、おかみさんに聞いてきてくれないかしら」

大家が自ら出張ってくるほどの本ならば、貸本屋としても財産だろう。しっかり者のおかみさんが把握していないはずがない。

おかみさんとそりの合わないお勝は嫌そうに顔をしかめたが、このまま大家に居座られるのも鬱陶《うっとう》しい。「分かったよ」と目配せで返事をし、速《すみ》やかに勝手口から出て行った。

大家はおえんたちから距離を取り、床几の端に浅く座った。その傍らに麦湯を置いてやり、お妙は「あら」と目を瞬《しばた》く。

大家が帯から下げている、巾着袋が目に留まったのだ。極端な猫背のせいで腕が前に出ており、隠れて気づかなかったのだろう。湯呑《ゆのみ》を手に取ろうとした際に、見覚えのある端布が覗いた。

「もしやこれは、お銀さんの？」

お妙の呟きを聞きつけて、おえんが「なんだい？」と立って来る。

「本当だ。あんたこれ、婆さんから買っちまったのかい」

まさか、これほど分かりやすい詐欺に乗せられるとは。

だが心の平安のために、鰯《いわし》の頭すら信心してしまえるのが人というもの。決して責められたことではない。

「いったいあの婆さんに、なにを言われたってのさ」

おえんが呆れ返って腕を組む。気迫に押され、大家は手の中の湯呑をじっと見つめたまま。ややあって、顔も上げずに「失《う》せ物を――」とだけ呟いた。

「お捜しの本のことですか。それがうちにあると？」

先を読んで文言《もんごん》を足してやると、大家は微《かす》かに顎《あご》を引いた。

「残念だけど、あの婆さんはいかさまだよ。だいいち人相見が失せ物占いなんかするもんか」

たしかにおえんの言うとおり。人相見というのは顔相、骨相、体格などからその人の性格や運勢を導き出すもので、失せ物捜しとは関係がない。

お銀のことは朝餉を食べながらそれとなく様子を窺ってみたが、又三のことなどなにも知らないようだった。おおかた人が気にするようなことを当てずっぽうで言って、小金を稼いでいる手合いだろう。

「やんなっちまうね。アタシたちが騙《だま》されなかったもんだから、意趣返《いしゅがえ》しをされたんじゃないのかい？」

不穏な言葉が飛び出して、只次郎が「なにごとですか」と腰を浮かせる。おえんが得意気に今朝のあらましを語って聞かせ、「殺された男」云々《うんぬん》というくだりでは、只次郎もご隠居も微かに頬を硬くした。

「おそらく、でまかせを言っただけなんでしょう。突然だったのでびっくりしました」

お妙がなんでもないように微笑むと、二人はほろ酔いの客らしく相好《そうごう》を崩した。おえんはなにも気づかなかったようである。

「それにしても、どういう本か教えてくだされば、こちらで捜しておきましたのに」

お銀に頼るまでもない。捜し物はここか、打物屋か、仕立て屋のいずれかにあるはずなのだ。順番に聞いて回れば済む話である。

なぜわざわざこんなにも、回りくどいことをしているのか。

追及の手を弛めぬお妙を、只次郎が「あの、もうそのへんで」と制止した。なにか勘づくことがあったのだろうか。

「世の中にはその、公《おおやけ》にできぬものもありますから」

「公にできぬもの？」

鸚鵡《おうむ》返しに呟いてから、お妙は「あっ」と口元に手を当てた。

「黄表紙ですか」と声を潜める。

松平越中守《まつだいらえっちゅうのかみ》様のご改革で、出版統制令が出されたのが昨年のこと。風刺の強い黄表紙や洒落本《しゃれぼん》が、風俗を乱すとして禁止になったのである。

そのお触れを守らなかったとして、半年前には戯作者の山東京伝《さんとうきょうでん》が手鎖《てぐさり》五十日に処せられ、版元の蔦屋重三郎《つたやじゅうざぶろう》は財産の半分を没収されている。

お上が禁じればなにごとも、地下に潜ってゆくものだ。お妙が知らぬだけで、今も秘《ひそ》かに出版されてはいるのだろう。

とはいえ大家は赤くなってうつむいているし、只次郎とご隠居も曖昧《あいまい》に目を見交わしている。この場にいる男ばかりに、奇妙な結束が芽生えていた。

「出直します」

それ以上追及される前に、大家が湯呑を置いて立ち上がる。しかし一歩も動かぬうちに、その場に凍りついてしまった。

「おやおや、この忙しいときにうちの亭主ときたら、こんなところで油を売っていたんだねぇ」

お勝に連れられて勝手口から入って来たのは、大家のおかみだ。ねっとりとした口調で己の亭主を責め上げる。相対《あいたい》すると堅肥《かたぶと》りのおかみのほうが、三寸ほども背が高い。

「お捜しのものがなにか、お妙さんに教えてやりゃいいじゃないか。打物屋のおかみさんには、とっくにばれちまってるよ。子供たちがこんなものを見ていたと、わざわざ届けてくれたからね」

只次郎とご隠居が、同情するような目で大家を窺う。

大家はふるふると小刻みに震えていた。

「まったく、恥ずかしいったらありゃしない。なにが悲しゅうて亭主の笑本《わらいぼん》を、人から受け取らなきゃならないのかねぇ」

笑本は別名春本。男女の交わりを描いたものである。こちらもやはりご改革で禁止されているのだが、そこには思い至らなかったお妙である。

心なしか、頬が熱い。大家の口が重かったのも、当てずっぽうに尋ね回りたくなかったわけも、ようやく分かった。

なんて馬鹿馬鹿しいのだろう。その一方で、皆の前で秘事を暴かれてしまった大家が哀れでもある。

「アタシの目をごまかすために、貸本に紛れ込ませてたんだろ。それが仇《あだ》になっちまったね」

「そそそ、それで、ほほほ、本はどうした？」

「よく燃えたよ。竈の中でね」

「うわぁぁぁぁ！」

それまでとは打って変わった大声を上げ、大家が膝《ひざ》から崩れ落ちた。頭を抱え、

「なんてことをしやがるんだ！」と叫んでいる。

「大名家から流れてきた、肉筆画だぞ。どれだけ値打ちがあるか、分かんねぇのか！」

「分かんないねぇ、アンタの笑本の嗜好《しこう》なんざ」

「ちくしょぉぉぉぉ！」

もはや大絶叫である。こんな男をちらりとでも哀れと思ったことが、だんだん情け

なくなってきた。

「お騒がせで悪かったね。ほらアンタ、きびきび歩きな！」

大家が首根っこを摑まれて、引きずられてゆく。嗚咽《おえつ》が遠ざかってゆくのを聞きながら、一同は身動きもできず、ただただその後ろ姿を見送った。

「いやぁ、なんだかすごいものを見ちまったねぇ」

大家夫婦が去ってゆき、呆気《あっけ》に取られた面々の中で、おえんが真っ先に感嘆にも似た吐息をついた。

「まったくだ。気の弱い爺《じじい》だと思ってた大家に、あんな一面があったとはね」

お勝もやれやれと首を回す。懐から煙管を取り出し、一服つけた。

「人前で、よくやりますねぇ」

只次郎がそう言って、酒をあと二合追加で頼む。このまま帰るのは、後味が悪かったようである。

それを受けてお妙は銅壺《どうこ》にちろりを沈め、つまみに茄子《なす》の浅漬けを切ってやった。

動作がぎこちないのは自分でも分かる。

「ねぇ、お侍さんやご隠居さんも、やっぱりそういう本を持ってんのかい？」

おえんのあけすけな質問に、危うく包丁を取り落としそうになった。

「いきなりなにを言うんですか。持ってませんよ」

真っ赤になって否定したのは只次郎。おえんはまだ疑いの眼《め》を向けている。

「どうだか。ご隠居さんなんかはお金持ちだから、えらく豪華なのを持ってそうだよ」

「ご想像にお任せしますよ」

ご隠居はさすがにこれしきではたじろがない。食えぬ顔でお茶を濁した。

「アタシ、あれを見ると笑っちまうの。だって物が大きすぎるだろ。笑本って言うだけあるよね」

おえんはあくまで屈託がない。たまに裏店のおかみさん同士でそういった話になることがあるが、その延長のように喋り続ける。

「でもそうするとお銀婆さんのご託宣《たくせん》も、あながち間違っちゃいなかったのかもしれないねぇ」

「なんだい、ご託宣ってのは」

煙草の煙を吐きながら、お勝が尋ねる。

「笑本の在処《ありか》だよ。ほら、松茸と鮑。『もどき』だろ」

「ちょっと、おえんさん」

料理を作った身としては、あまり笑えないたとえである。調理台の中から窘めると、おえんは振り返って「あはは」と笑った。

「お妙ちゃんは、おぼこでもないのに固すぎだよ」

その通りかもしれないが、おえんは遠慮がなさすぎる。顔には出さなかったつもりだが、少しばかりカチンとくる。

「そうは言ってもおえんさんは、ご亭主がその手の本を持ってると怒るでしょう?」

場の気配を素早く読み、只次郎が話の流れを引き戻す。

悋気《りんき》で知られるおえんである。お妙のことなどすっかり忘れ、「あたりまえさ」とぷりぷり怒りだした。

「そんなもんが見つかった日にゃ、見せしめに本を井戸端に晒《さら》してから焼いてやるね」

「それはまた、なんとも酷な」

ご隠居が苦笑いを浮かべ、おえんの亭主の代わりに嘆いてみせる。

この中でただ一人所帯を持ったことのない只次郎が、ぶるりと身を震わせた。

「なんでしょう。この界隈《かいわい》のご亭主って、みんな尻に敷かれているんですか」

「いいや。亭主ってぇのは、押しなべてそういうものなんですよ」

しみじみと首を振るご隠居の声には、諦《あきら》めのようなものがにじんでいた。

五

「おや、こんな日に皆さんお揃《そろ》いで」

飄々《ひょうひょう》とした様子で柳井殿が戸口に顔を見せたのは、夕七つ（午後四時）を過ぎてからだった。

おえんはすでに裏店に帰っており、ご隠居と只次郎も勘定を済ませ、そろそろ腰を上げようとしていた頃合いである。

いつもはお忍びのつもりなのか着流しで現れる柳井殿が、今日は袴を着けていた。与力の出仕姿である継裃《つぎがみしも》の、肩衣《かたぎぬ》を外してあるらしい。役宅には帰らずに、御番所から真《ま》っ直《す》ぐ歩いてきたのだろう。

「おいでなさいまし」と、お妙は笑顔で出迎える。

「なぁに、ちょっくらあんたの顔を見に寄っただけなんだがね」

挨拶《あいさつ》代わりに口説かれるのには、もう慣れた。不思議と嫌じゃないのは本当に挨拶程度のもので、下心がにじみ出ていないからだろう。

それでも只次郎は警戒心を露《あら》わにする。

「柳井殿こそ、こんな日にふらふらと出歩いていていいんですか」

町奉行所の仕事はなにも、町方の治安の維持だけではない。今日のような水害があれば助舟《たすけぶね》を出し、救助者の名簿を作ったり避難先を把握したりと、大忙しのはずである。

「そりゃまぁ、年番《ねんばん》方や廻《まわ》り方は骨折りだろうが、俺ぁ吟味《ぎんみ》方なもんでね」

事もなげに言い返し、柳井殿は小上がりには上がらず床几に掛けた。

「酒と、軽いつまみをくんねぇ。本当にちょっと寄っただけなんだ」

「かしこまりました」

小松菜を手早く茹《ゆ》でて、先ほど炙っておいた松茸と和え、青柚子を絞る。

酒は一合でいいと言うから、柳井殿とて決して暇ではないのだろう。和え物をちょっと摘み、「お、いい香りだねぇ」と目を細めた。

「それで、ゆっくりできもしないのに、わざわざここまで歩ってきたのはどういうわけだい？」

「なんだよ。性急だなぁ、お勝さんは」

まぁ一杯飲ませてくれよと盃を取る。お妙の手からちろりを奪い、お勝がぞんざいに酌をした。

「いやはや、美人の酌たぁありがてぇ」

軽口を叩き、柳井殿が盃を一気に干す。「ふぅ」と天を仰いだ顔が、いかにも心地よさそうだ。

遊び人風に振舞ってはいても、用もなく出歩くような男でない。着替える間も惜しんでやって来たということは、それだけの報《しら》せがあるのだろう。もしや又三のことで、なにか分かったのではあるまいか。

お妙だけではない。他の三人も柳井殿が話しだすのを、息を詰めて見守っている。

「おいおい、そんな四方八方から見詰められちゃ、落ち着かねぇだろ」

再びお勝の酌を受け、柳井殿は乾いた笑い声を立てた。

「すみませんねぇ。なにしろ不穏なことがあったばかりですから」

ご隠居がにこやかに取り繕う。だが後に続く柳井殿の返事を聞いて、その目から期待の色が消えた。

「悪いが、又三とやらの話じゃねぇよ」

「じゃあいったい、なんの話だい」

お勝が不愛想に輪をかけて、柳井殿を睨《にら》みつけた。

「殺気立ってやがんなぁ。まぁいいや。ほら、先月の髪切り騒動の一件でね」

それならまだ記憶に新しい。妖怪《ようかい》の仕業に見せかけて、往来を歩く女の髪を切っていた一味が捕まった。ご丁寧にも妖怪除けの護符まで売り歩いており、裏店のおかみさんたちも「騙された」と歯嚙みしていたものである。

「そいつらが実は、『黒狗組《くろいぬぐみ》』の連中だったのさ」

「なんだい、あのごろつきどもかい」

日の目を見ることのない、貧乏旗本の次男三男の徒党である。賭場《とば》や岡場所《おかばしょ》を荒らしたり、傍若無人《ぼうじゃくぶじん》に振舞ったりと評判の悪い輩《やから》だが、近ごろは無役《むやく》の御家人や浪人者も加わって、ますます手がつけられないという。

「規律のねぇ奴《やつ》らだから、髪切り騒動に関わってたのはごく一部だったみてぇだけどな」

一網打尽に捕らえたはいいが、将軍直参《じきさん》の旗本、御家人の子弟は町奉行所では裁けない。身元を確かめただけで、すぐさま放免となってしまった。

だが浪人者はそのかぎりではない。騒動に加担した浪人はただ一人。小伝馬町の牢《ろう》屋敷《やしき》に入れられて、じっくり取り調べを受けている。

「そいつが今朝、ふと洩《も》らしたのさ。『黒狗組』が仕切る賭場で、爪《つめ》の際《きわ》が藍色《あいいろ》に染まった男を見たそうだ」

「それって――」

お妙はハッと息を呑む。思い出すだけでもぞっとする、駄染め屋の顔が頭に浮かんだ。押し込みに遭った顛末《てんまつ》は、あらかじめ只次郎から聞いていたという。

「お捜しの男は、十分かもしれねぇんだろ。旗本や御家人なら俺らはお手上げだが、一応知らしとこうと思ってさ」

「つまり、調べたいなら自分らでやれってことですか」

言外の意味を汲《く》み取り、只次郎が顔をしかめる。

柳井殿は盃を呷《あお》ると、ニヤリと笑ってしらばっくれた。

「べつに焚きつけちゃいねぇよ。ちなみに賭場が立つのは、小石川にある旗本屋敷の中だとさ」

武家地、寺社地は町奉行所の管轄外《かんかつがい》。それを狙ってのことではあるが、旗本の拝領屋敷に賭場が立つとは、世も末である。

「その浪人者が見たって男、名前は分からないんですか?」と、尋ねたのは只次郎。

「さぁねぇ。『黒狗組』は誰が仕切ってるわけでもねぇから、顔と名前の一致しない奴らが多いらしい。ただの客ってこともあるしな」

「せめて、どういう身分の方か分かればいいのに」

お妙はざわめく胸に手を当てる。駄染め屋に身をやつしていたあの男が、実は旗本や御家人の子弟だったとなると、こちらはもう手も足も出ない。

お勝も「まったくだよ」と重々しく首を振る。

「勝手に調べろたって、旗本の屋敷に忍び込めるわけじゃあるまいし――」

そう呟き、はたと只次郎に目を止めた。

柳井殿の笑みが深くなる。

「そうさ。忍び込まなくたって、正面から入って行ける奴がいるじゃねぇか」

皆の注目を一身に浴び、只次郎は「はぁ」と情けなく頰を掻《か》いた。

賽の目

一

からころからんと、賽子《さいころ》が鳴る。他者《たしゃ》の運命を背負っているわりに、軽々しい音である。

「さぁ、半方ないか半方ないか」

壺振《つぼふ》りの横に座る中盆《なかぼん》が、低いわりに通る声で場を煽《あお》る。丁目と半目、木札はまだ出揃《でそろ》わない。

「半！」と誰《だれ》かが男を見せる。

「丁半、駒《こま》揃いました。グニの半！」

歓喜と落胆、木札が人の手から手へと渡ってゆく。寺銭《てらせん》は、勝ったほうから儲《もう》けの五分を引くのが決まりだ。

「入ります」

昂《たかぶ》りの冷めやらぬうちに、壺振りの静かな声が響く。見よう見真似《みまね》にしては様《さま》になっている。

只次郎は部屋の隅《すみ》に胡座《あぐら》をかき、賭場《とば》の様子をただぼんやりと眺めていた。

長月《ながつき》も半ば。重陽《ちょうよう》の節句を過ぎて衣替《ころもが》えもとうに済んでいるが、綿入れでは汗をかくほど室内は男たちの熱気で蒸している。

小石川の旗本屋敷、狭い中間《ちゅうげん》部屋の一室である。武家地ならめったな者では手出しもできなかろうと、まだ日の高いうちから丁半博打《ばくち》に興じている。

壺振りも中盆も、どちらも旗本の二、三男。どこぞの親分と繋《つな》がっているのかとも思ったが、どうやら賭場に出入りするうちに、自分たちもひとつやってみようと素人《しろうと》考えで始めたようだ。

それでも客の入りはいい。江戸には昼間からなすこともなく、暇を持て余している男が多い。

胴元《どうもと》と同じく武家の二、三男。浪人、無役《むやく》の小普請《こぶしん》、江戸詰めの勤番《きんばん》武士。中にはいかにも身なりのよい、高禄《こうろく》の家の子弟らしき者まで集ってくる。

勤番武士は暮れ六つ（午後六時）までには藩邸に戻らねばならず、一家の当主も外泊はできない。ゆえに賭場は昼間から開いていたほうが都合がよいのだろう。

日が暮れてからは武家の若党や中間といった奉公人が、こっそり忍んでやってくる。

この賭場へは紹介状さえあれば出入りでき、自然と客は武家とその周辺の者になっていったようである。

「おい森《もり》、なにをぼんやりしておるのだ」

声をかけられても、只次郎はしばらく虚《うつ》けていた。はっとして、「はい」と慌てて顔を上げる。

「どうした、目を開けながら寝ていたか」

大山《おおやま》が笑いながら、只次郎の隣に腰を落ち着けた。

「はは、どうやらそのようで」

「お主はまったく、できるのか抜けておるのか分からんな」

ほれ食えと、差し出された皿には屋台で買い求めたらしい天麩羅《てんぷら》が載っていた。礼を言って、串《くし》に刺さったのを一本頂戴《ちょうだい》する。

具は烏賊《いか》だ。衣は分厚く目いっぱい油を吸い、身は恐ろしく硬い。どうやっても嚙《か》み切れず、たちまちお妙の料理が恋しくなった。

森忠次郎《ちゅうじろう》。それがここでの、只次郎の名だ。

牢屋敷に繋がれている髪切り一味の浪人に紹介状を書かせ、この賭場へ潜《もぐ》り込んだのがひと月前。怪しまれはせぬかと内心びくびくしていたが、あっさり中へと通された。

柳井殿が睨《にら》んだ通り、「黒狗組」といっても実体はただの烏合《うごう》の衆《しゅう》。連絡が行き届いておらず、胴元たちは浪人が捕まったことを知らなかったのである。

それでいいのかと心配になるほどの脇の甘さ。そんな賭場を仕切っているのが、隣に座る大山だった。

「どうだ、旨《うま》いか」と、やけに嬉《うれ》しそうに聞いてくる。

「ええ、まるで五日目の餅《もち》を噛んでいる心地です」

「そうか、お主は面白いな」

大山はなんでも愉快がる。二十一歳の只次郎より五つ年嵩《としかさ》で、「俺もお主と同じ、旗本の次男坊よ」と称しているが、どういう家の者かは分からない。

おそらく他の仲間や客も同様で、偽名を使っているのは只次郎ばかりではないだろう。紹介状の裏を取るでもなく、いい加減なものだが、あえてそうしているのかもしれない。

たとえ誰かがご公儀に引っ張られたとしても、仲間についてなにも知らなければ口を割ることがない。実際に、捕らえられた浪人は誰の名も挙げられずにいるという。

ただ一人身元が明らかなのが、この屋敷の主《あるじ》、沖津《おきつ》である。今まさに壺を振っている、切れ長の目の男がそれだ。

大山とは幼馴染《おさななじ》みで、やはり次男坊。だが長兄が病に倒れ、家督を継ぐ羽目《はめ》になってしまった。

大身《たいしん》旗本ならば喜びもあったろう。しかし沖津は親の代からの小普請組。家禄だけでは暮らしてゆけず、大山に賭場の話を持ち掛けられて、それに乗ったわけである。

とはいえ壺振りが沖津その人と知る者も、さほど多いわけではない。いざとなれば主人の与《あずか》り知らぬところと言い逃れができるよう、中間部屋を使っている。

ようするに「黒狗組」とは、匿名《とくめい》の者の集まりなのだ。内部にいる大山たちでさえ、その実体は摑《つか》めていない。

「貴殿が取りまとめているのではないのですか」と尋ねると、大山は「まさか」と哄笑《こうしよう》した。

「黒狗組は誰もが名乗れ、各々《おのおの》が好き勝手なことをしている。それがよいのだ」

大山たちは、髪切り騒動にも関与してはいなかった。

窮屈な己の身分をしばし忘れ、日ごろの鬱憤《うつぷん》を晴らすための隠れ蓑《みの》。それこそが「黒狗組」と呼ばれているものらしい。

人捜しには、ひどく向かない集まりだ。

小石川の賭場に出入りするようになり、ひと月が過ぎても駄染《だぞ》め屋の行方《ゆくえ》は杳《よう》として知れなかった。

せめて通り名でも分かればいいのだが、浪人はそれすらも知らないようだ。このような場で「爪《つめ》の際《きわ》が藍色《あいいろ》に染まった男を見ませんでしたか」と、あからさまに人捜しをするのはまずい。今しばらくは、じっと座して待つしかない。

駄染め屋は、あるいはそれと目されている男は、来るのだろうか。

顔さえ見れば、すぐに分かるという自信はある。なにせお妙を口説いていたときの胸糞《むなくそ》悪い顔を、じっと睨んでいたのだから。だが男が駄染め屋ではなかった場合、気づかぬうちに会っており、無駄な刻《とき》を過ごしているのかもしれなかった。

幸い只次郎は、大山たちに気に入られている。

高禄取りの息子と思《おぼ》しきが、「丁半博打は丁の出る見込みが高いのだから、その分配当を低くすべきだ」と難癖をつけてきたのを、横から言い負かしたのがきっかけだった。

「丁の出る見込みが高いというのは、なにを以《もっ》て？　簡便に考えて、賽《さい》が二つのときに丁が出る組み合わせは十八通り。また半が出る組み合わせも十八通り。見込みは同じとなり申す」

その男は負けが込んでくると、そうした言いがかりで勝負を止《や》めさせることが度々《たびたび》あった。いっそいかさま賽子でも仕込んで、身包《みぐる》み剝《は》いでしまおうかと大山たちが相談しているところに、「それでは逆恨《さかうら》みをされかねません」と意見したのも只次郎だ。

このような賭場でなにより恐ろしいのは、逆恨みによる密告である。

「それよりも心地よく勝っていただき、寺銭だけ多めに払わせてはいかがでしょう」

丁半博打は先のとおり、丁と半が出る見込みは同じ。いかさまが横行している賭場でもないかぎり、大勝ちをしない代わりに大負けもしない。ただ寺銭だけが勝ったほうから抜かれてゆく。

「あらかじめ、ブタ目を決めておくのです。たとえばヨイチの半とシロクの丁という具合に。それを当てると、五分の寺銭が一割になるというのはいかがでしょう」

あとは折を見て、ブタ目が出るよう細工しておいた賽子で、男を勝たせてやればよい。男は喜び寺銭は倍入り、双方が仕合せだ。

勝ち負けほぼ同数ながら、寺銭だけを多く抜かれているのだが、男は気づかず今も人目を忍んで通ってくる。

「お主、平和そうな顔をして、なかなかあくどいことを考えるな。気に入ったぞ」

そんなわけで大山には、弟のように可愛《かわい》がられていた。

お山の大将なところはあるが、大山は決して悪い男ではない。暇はあるが金のない貧乏武士たちが気持ちよく遊べるようにと、平生はいかさまのない綺麗《きれい》な賭場を心がけている。

その一方で次男坊という己の出自を恨んでおり、家筋や生まれ順で一生が決まる世の中に、どす黒い不満を抱いている。おそらく「黒狗組」を名乗る男たちの心には、似た想《おも》いがあるのだろう。

だから大山は唐突に、このようなことを尋ねてくる。

「なぁ、お主は自分が先に生まれていればと思うことはないか」

硬い烏賊を飲み下し、只次郎はにこりと笑い返した。

「いいえ。私に武家の長子は荷が重いです」

「そうか？　いい家筋の長子に生まれてさえおれば、お主なら才を発揮できたであろうに」

「ああ、それならいっそ、商人になりたしと存じます」

いくら世の理不尽を嘆《なげ》こうと、大山にはおそらく士分を捨てるという考えはない。毒気を抜かれたように只次郎を見て、「はっ」と失笑を洩《も》らした。

「お主はまことに、面白いな」

只次郎の兄、重正《しげまさ》と大山は、同年輩だ。笑いかけられると腹の中がこそばゆいような心地になるのは、そのせいだろうか。

生真面目《きまじめ》な重正に、只次郎は一度も褒《ほ》められたことがなかった。

「しかしなんだな。こうして男の顔ばかりずっと見ていると、ちと飽き飽きしてくるな」

大山はそう言って、芝海老《しばえび》の天麩羅を齧《かじ》る。身より衣のほうが分厚くて、やはり旨くはなさそうだ。

「ふむ、これはひどい天麩羅だ。お主ら、好きに食え」

串一本で嫌気が差したらしく、天麩羅の皿を男たちのほうへと押しやった。

もとよりろくなものを食っていない連中だ。我先にと手が伸び、皿はたちまち空になった。

「さて」と大山が腰を浮かす。膝《ひざ》に手を突っ張って、只次郎に笑顔を向けた。

「もう少しましなものを食いに行くとするか」

「え、ですが――」

只次郎は逡巡《しゅんじゅん》する。席を外しているうちに、駄染め屋が来てはかなわない。

それでも心に迷いが生じてしまうのは、都合よく大山に兄を重ねているせいだ。こんなにも仲のいい兄弟に憧《あこが》れがあったのかと、我ながら驚かされる。

「ま、ちとつき合え。奢《おご》ってやる」

大山の太い腕が首に巻きつき、引き寄せられた。その戯《ざ》れ合いがやけに嬉しく、只次郎は「はぁ」と頷《うなず》いていた。

二

借り物の提灯《ちょうちん》がいらぬほど、表通りは明るかった。

紅殻格子《べんがらごうし》から洩れる灯と、妓楼《ぎろう》の前に立ち並ぶ誰哉行灯《たそやあんどん》。絶え間ない清搔《すががき》の音に客の笑い声が被《かぶ》さって、どこぞの二階からは嬌声《きょうせい》が響いてくる。

大門《おおもん》へと続く仲《なか》の町《ちょう》に出るとそこはいっそう賑《にぎ》やかで、昼と見紛《みまが》うばかりであった。歓楽の渦《うず》に飲み込まれんと、男たちが奥へ奥へと歩を進める中、只次郎はとぼとぼと帰路につく。

大山に蕎麦《そば》を奢ってもらい、今しばらくと言われてつき合ううちに、足が向かっていたのは吉原《よしわら》だった。「一人では不景気ではないか」と惣半籬《そうはんまがき》の小見世《こみせ》に連れ込まれ、酒の席にだけつき合い、出てきたところである。

夜四つ（午後十時）にはまだ早く大門は開いており、客足は途切れそうにない。その浮かれた顔を見送りながら、只次郎は外へ出て、曲がりくねった五十間道《ごじっけんみち》を歩いてゆく。

この先日本堤《にほんづつみ》を三《み》ノ輪《わ》方面へと折れ、入谷《いりや》へ抜けて仲御徒町《なかおかちまち》の我が家まで、ゆっくり歩いても半刻《はんとき》（一時間）はかからないだろう。

すっかり大山に振り回され、夜道を一人歩く羽目になったが、それが嫌ではないから困ったもの。この関係は、少し危うい。

「よう、色男」

日本堤を左に折れたところで、思いがけず声をかけられた。居酒屋の、通りに面した床几《しょうぎ》に掛けて、男が手を上げている。

その正体を見極めて、只次郎は腹の底から息を吐いた。

「なんです、私に見張りでもつけているんですか？」

「なぁに、大事な娘の義理の弟が、ならず者の一味になっちゃ申し訳が立たねぇからなぁ」

柳井殿は悪びれもせず、店の親爺《おやじ》を呼んで盃《さかずき》をもう一つ持って来させる。怒りを通り越し、呆《あき》れるほどのふてぶてしさだ。

「まったく、よく言いますよ」と文句をつけて、只次郎はその隣に腰掛けた。提灯の火を落とすと、月の光が冴《さ》え渡る。そういえば昨夜は十三夜、お妙が衣被《きぬかつぎ》を作ってくれた。

皮を残して蒸した里芋の子は指で押すとつるりと剝《む》けて、胡麻塩《ごましお》をかけていただく。ねっとりとして、旨かった。

「それにしても、ずいぶん早いお帰りじゃねぇか。他の女も抱けねぇほど、あの女将《おかみ》にほだされちまったか？」

秋の夜風はさすがに冷たく、胃の腑《ふ》に落ちてゆく熱燗《あつかん》の温《ぬく》もりがありがたい。只次郎は目を伏せて、「そんなものじゃありませんよ」と首を振る。

「馴染みの女が、儚《はかな》くなっていたんです」

それと教えてくれたのは、見世番の男だった。今年の春先に悪い風邪《かぜ》をひき、あっけなく逝《い》ってしまったという。只次郎より二つ三つ年嵩の、笑窪《えくぼ》のある女だった。

その死を知らなかったくらいだから、頻繁に通ったわけではない。惣籬《そうまがき》の天女のような花魁《おいらん》とは比べものにならぬ、鈍そうな女だったが、真心を込めて只次郎を抱いてくれた。

「ああ。あれは案外こたえる」

柳井殿にも覚えがあるのか、横顔を見せたまま苦く呟《つぶや》く。

花の命はここ吉原では、特に短い。べつに惚《ほ》れていたわけではないが、あの柔らかな肌がもうこの世のものではないのかと思うと、「では代わりに」と他の女を抱く気にはなれなかった。

草叢《くさむら》で、リーリーと虫が鳴き交わしている。もしまた生まれ変われるのなら、次はもう少し長く生きるものになればいい。そう思い、只次郎は勢いよく盃を干した。

「用がないなら、もう帰りますが」

あまり遅くなると辻番《つじばん》に呼び止められかねない。提灯の火を分けてもらおうと、店の親爺を呼び止めた。

「ああ、俺も帰る。親爺、勘定だ」

柳井殿と、連れ立ってゆくことになってしまった。

八丁堀《はっちょうぼり》に帰るなら、浅草方面に抜けたほうが早いはず。なぜついて来るのかと訝《いぶか》るうちに、柳井殿が口を開く。

「それで、首尾はどうなんだ」

これが本題なのだろう。順調ならこんなところにいるはずがないと、分かっているであろうに。もしかすると本当に、柳井殿には心配をかけていたのかもしれない。

小石川の賭場は只次郎にとって、居心地がよかった。大山をはじめとする仲間は似たような境遇同士、言葉にせずとも分かり合えるところがある。

只次郎とて己が長子ならと、一度たりとも思わなかったわけではないのだ。そのような悩みはすでに通り過ぎたつもりでいるが、あそこにいると懐かしい痛みを思い出す。

「代わりに小者《こもの》に張らせてもいいんだが、なにせ駄染め屋の顔を知らねぇからな」

「いいえ、やれます。大丈夫です」

だが今は、古い傷を舐《な》め合っている場合ではない。只次郎はきっぱりと頷いた。

「ならいいが。あんまり長引かされても困るんでな」

武家地は目付の管轄《かんかつ》である。問題があれば上申《じょうしん》してそちらに処置を任せることになるのだが、一掃《いっそう》されてしまうと駄染め屋の手がかりも失われる。こちらの事情を酌《く》んで柳井殿は、上への報告を待ってくれていた。

「申し訳ございません。今しばし」

「構わねぇさ。それより、お妙さんにはいつまで黙っとくつもりだ?」

周りは収穫を終えた田地であり、虫の声はいっそう高い。只次郎がなにも言わずにいると、軽いため息が聞こえてきた。

「隠そうとするから勘繰《かんぐ》られるんだろ。あれは聡《さと》い女だ。いっそ話しちまったほうがいい」

「だからお妙さんのいる前で、賭場の話なんかしたんですね」

只次郎はまだ、父の上役である佐々木《ささき》様を疑っていることを、お妙に話していなかった。その屋敷の門番として、駄染め屋らしき男が潜り込んでいたことも。

駄染め屋が『ぜんや』の内所に押し入ったのが、今年の一月。下男の亀吉《かめきち》が佐々木様の屋敷の門番詰所で、「腕が肘《ひじ》まで真っ青」だった男を見たのが二月のこと。だが七月に訪問した際にはもう、男は詰所にいなかった。

もとより又三にお妙の素性を探るよう命じていたのは佐々木様だったのではないかと睨んでいたが、駄染め屋との繋がりまで出てきてしまったのである。

町人地で罪を犯した者を匿《かくま》うのに、武家地や寺社地ほどいい場所はない。藍に染まった腕が目立たなくなるまで、留め置かれていたのだろう。

しかしどうも分からないのが、佐々木様と駄染め屋が繋がっていたとして、お妙になんの関《かか》わりがあるのかということだ。又三が言っていたように、妾奉公《めかけ》を望んでいたようにはとても見えない。

そして又三の死は、いったい誰の仕業なのか。

ともかく駄染め屋をとっ捕まえてみないことには、企《たくら》みも見えぬ。そこで柳井殿にだけは腹の内を打ち明けて、駄染め屋らしき男の消息が知れたら教えてもらえるよう頼んであった。それなのに柳井殿は、よりにもよって『ぜんや』で目撃情報を喋《しゃべ》ってしまったのである。

「俺は最初《はな》っから、お妙さんにも話を聞けと言ってんだろ」

「あの人だってなにも知りませんよ。無駄に怖がらせるだけです」

「ただ怖がるだけのタマかね。見た目に騙《だま》されすぎちゃいねぇか?」

「お妙さんは、か弱くて優しい女性です」

それでなくともお妙はもう充分怯《おび》えている。又三の死は自分に関わったせいなのではと疑っている。

だから只次郎を小石川の賭場に潜り込ませようという柳井殿の案には、「そんな危ないことはやめてください」とすぐさま異を唱えてきた。

「なにを盗《と》られたわけでもありませんし、そこまでして捕まえてくださらなくても。それより林様をそのような場に出入りさせては、御母堂様が悲しまれるでしょう。いけませんよ」

ずいぶん子ども扱いな気もするが、そう言って庇《かば》ってくれたのである。

お妙は只次郎から隠し事の気配を感じたか、どこかよそよそしくなっていた。にもかかわらずこの身を案じてくれたその心を、愛さずにはいられない。

賭場に出入りしていることも、お妙には秘密である。

「又三とやらもそうやって恰好《かっこう》つけて、殺されちまったんだろ」

「大きなお世話です」

だが只次郎とて命は惜しく、用心しているぶん刻がかかる。本当は、駄染め屋の行方を聞き回れたらいいのだが。

「まぁ、好きにすりゃいいさ。だが焦るなよ」

そう言って、柳井殿が背中を叩《たた》く。「痛い！」と叫んでしまうほどの力強さだ。まるで只次郎の心中を見透かしたかのようである。

この男に楯突《たてつ》いてしまうのは、きっとこういうところなのだろう。一人の男として、なにも敵《かな》わないという気にさせられる。

「明日は神田祭《かんだまつり》だ、せいぜい楽しみな。じゃあな」

大音寺《だいおんじ》前の四辻《よつつじ》まで来て、柳井殿はそのまま道なりに行こうとする只次郎と別れ、左に曲がる道を選んだ。やや遠回りにはなったが、やはり浅草方面から帰るのだろう。

「あの、提灯は」

「月が明るいからいらねぇよ」

肩越しに振り返ってから、柳井殿は迷いのない足取りで去って行った。

三

神輿《みこし》の帰りを出迎える提灯が、家々の軒先で揺れている。

日が暮れてもなお人通りが多く、酒と祭りの熱に浮かされ笑い声が絶えることはない。天下祭《てんかまつり》と称される、神田祭の宵《よい》である。

神田明神のお膝元、花房町の『ぜんや』もまた、すこぶる賑わっていた。

「ささ、どうぞもう一献」

老人に酒を勧められ、只次郎は手にしていた盃を干して差し出す。

長く伸びた白眉《はくび》が特徴のこの老人は、大伝馬町の刷毛《はけ》屋の隠居だったか。先ほどから入れ替わり立ち替わり客が酒を注《つ》ぎに来るので、顔と屋号を頭に叩き込む。

「ああ、お妙さん。お前さんも座って飲んじゃどうですか」

小上がりで談笑していた菱屋のご隠居が、料理を運んできた女将を呼び止めた。いつもならこの手の絡みかたはしないのだが、今夜ばかりは興が乗っているのだろう。

「ええ、お料理がひと通り落ち着いたら頂戴します」

それを笑顔でやんわりかわし、お妙はいそいそと調理場へ戻ってゆく。

店内は老人たちでいっぱいで、腰を落ち着けている暇はないのだろう。皆菱屋のご隠居が引き連れてきた、大伝馬町の隠居衆である。

神田祭は二基の神輿の他に、各氏子《うじこ》町から出る山車《だし》と附祭《つけまつり》が町中を練り歩く。山車巡行には順番があり、一番手が大伝馬町の諫鼓《かんこ》鳥《どり》と決まっていた。

湯島聖堂前の桜の馬場に集合し、筋違《すじかい》御門から江戸城外郭《そとぐるわ》へ、さらに田安《たやす》御門から内郭《うちぐるわ》に入り、公方《くぼう》様や御台所《みだいどころ》様が上覧《じょうらん》なさるとあっては、発憤《はっぷん》しないはずがない。

その後は常盤橋《ときわばし》御門から城外へ出、山車や附祭はそこで神輿と別れて解散となるのだが、列につき従っていた隠居衆はそのまま帰る気になれなかったのだろう。夕七つ(午後四時)ごろに只次郎が店を覗《のぞ》いたときには、すでに飲めや歌えやの宴会がはじまっており、お妙が忙しく立ち働いていた。

「姉さん、そこの美《い》い姉さん。ちょいと酌をしてくれませんかねぇ」

「おや、ご老体。アタシをお呼びかい」

そして給仕のお勝もまた、お妙を見て鼻の下を伸ばす老人たちの心を挫《くじ》くのに大忙しだった。

「違う違う、あんたじゃないよ。儂《わし》は女将に――」

「なにをお言いだい、あんなのはまだ尻が硬いよ。美い姉さんと言やアタシだろ」

ほら飲みなと、有無を言わせず酒を注ぐ。お祭り気分に水を差された老人を気の毒とは思うが、見て見ぬふり。只次郎も己の商売が忙しい。

「私もね、この春から鶯《うぐいす》の雛《ひな》を飼いはじめたんですが、なかなかいい声にはなりませんで」

「まだ本鳴きには入っていませんから、平気ですよ。それでも鳴きが下手なら、つけ直しもできますから」

「ああ、よかった。そのときはぜひ、名鳥と名高いルリオにお願いしますよ」

「ええ、いつでもご相談ください」

大伝馬町といえば江戸屈指の大店《おおだな》揃い。菱屋のご隠居に感化され、鶯に関心のある者も多い。老人たちが酌をしにくるのもルリオ目当てで、これは太い客が増えそうだ。内心笑いが止まらぬ只次郎である。

「お待たせしました」

お妙がそこへ料理を運んでくる。

動き回っているせいか衿《えり》の合わせが緩《ゆる》んでおり、いつもより多めに見える肌にどきりとさせられた。まさに折敷《おしき》の上に載っている、里芋のごとき白さである。

「少し目先を変えて、里芋は煮ずに蒸して梅干しと和《あ》えてみました。いかがでしょう」

里芋は粗く潰《つぶ》してあり、たしかにはじめて見る料理だった。

「この歳《とし》になるともう、芋なんてものは煮ころばしが一番と思ってしまいますが、これは旨かったですよ」

刷毛屋の隠居が目尻を下げてお追従《ついしょう》を言う。只次郎は「そりゃそうですよ」とお妙の代わりに胸を張り、箸《はし》を取った。

「ううん、ウメェ！」

旨いと言うつもりが爽《さわ》やかな梅の酸味と相まって、駄洒落《だじゃれ》のようになってしまった。舌の上にねっとりと広がる里芋の滋味を、梅の酸味がサッとまとめる。不粋な色がつかぬよう、味つけは塩と薄口醤油《しょうゆ》だ。素朴だが、これは酒に合う。

「はぁ、昨日はろくなものを食えなかったので、生き返るようですよ」

「あら、どこかにお出かけだったんですか？」

いい料理と酒は人の心を弛《ゆる》ませる。ぽろりとこぼれ落ちた呟きをお妙に拾われて、只次郎は内心焦った。賭場も吉原も、どちらもお妙には言えぬ場所だ。

しかたなく、「ええ、ちょいと野暮用《やぼよう》で」と誤魔化《ごまか》した。

お妙も今日は忙《せわ》しない。それ以上の追及はなく、「そうですか、どうぞごゆっくり」と笑顔を残して行ってしまった。妙に鋭いところのある人だから、ひやりとさせられることばかりである。

折敷の上にはその他に、定番の青菜のおひたし、それから蕪《かぶ》と厚揚げの生姜焼《しょうがや》きが載っている。柔らかさが身上の春物とは違い、秋物の蕪には甘みがある。それが生姜の辛みと焦がし醤油で引き立って、舌鼓《したつづみ》が鳴るほど旨かった。

「それにしても今年の祭りは、やはり盛り上がりに欠けましたねぇ」

ひと通りの祝辞や労《ねぎら》いは済んだらしく、菱屋のご隠居を囲む小上がりからは、景気の悪い話も聞こえてくる。

二年に一度の本祭り。江戸っ子のなによりの楽しみは、毎回内容が決まっている山車よりも、当番町が出す附祭のほうである。

練り物、引き物、地走り踊り、なんでもござれ。他の町に負けじと出し物は派手になってゆき、ますます見物の目を喜ばす。だがそれがついに、ご公儀の諫《いさ》むるところとなってしまった。

附祭の数は三つまで、衣類も華美《かび》にならぬよう。

そんなお触れが出されたのが、この春のこと。附祭による町々の費用《かかり》は凄《すさ》まじく、一年働いた金を使い果たしてしまうほどの過熱ぶりだったのだから、無理はないのかもしれぬ。

だがそれを支えに平素の憂さを乗り越えている者もいるのだということは、お上には決して分かるまい。

「近ごろは商売のほうもどんよりしちまって、ますます田沼主殿頭《たぬまとのものかみ》様の世が懐かしいよ」

「おいおい、滅多なことを言うもんじゃない」

「あの方は運が悪かったんだ。大火に飢饉《ききん》に浅間山の大噴火、それがなけりゃ失脚の憂き目を見ることもなかったろうに」

「いいや、それこそ天の采配《さいはい》というものだろう」

老人とは過ぎた世を懐かしむもの。だが川の流れを逆にすることができぬように、今さら愚痴を言っても始まらぬ。

老いの繰り言を聞き流し、只次郎は盃を干した。後ろ向きな話を聞いていると、せっかくの酒が苦くなる。世の中がどれだけ変わろうと、その都度柔軟にしたたかに、世を渡ってゆくのが商人のよいところなのではないか。

「ああ、お妙さん。今日の魚はなんでしょう」

菱屋のご隠居も同じ思いだったのか、唐突にお妙を呼び止めた。さすがは小僧奉公から大店の主にまで上り詰めた人だけあって、他の隠居衆よりは枯れていない。

「はい、えぼ鯛《だい》の一夜干しと、戻り鰹《がつお》です」

お妙が空いた皿を片づけながら答えると、隠居の一人が「戻り鰹？」と声を裏返した。

「そんなもの、脂臭くて食えたもんじゃないだろうよ」

そう騒いでいるのは、糸問屋の隠居だろうか。

初鰹にはべらぼうな値がつくが、戻り鰹は猫も食わぬという「猫またぎ」。脂がこってりと乗っているぶん、傷みやすくて臭みが出る。さっぱりとした初鰹のように、辛子《からし》をつけて刺身で食うなんてことができる代物ではない。

「ええっと、じゃあ儂はえぼ鯛を」

「私も」

「こちらにもえぼ鯛を」

そんなものはとても食えぬと思ったか、隠居たちは皆えぼ鯛を注文してゆく。ただ一人ご隠居だけが、「戻り鰹をどうするんです？」と尋ねた。

「天麩羅にしようかと」

「じゃ、それを一つ」

さして迷わず鰹を選んだご隠居に、「正気か？」と問いたげな視線が集まる。

だが只次郎は知っていた。お妙が不味《まず》いものを出すはずがない。

「お妙さん、私にもえぼ鯛と、それから鰹を」

隠居衆がぎょっとしてこちらを振り返るのが分かった。番付に載るような料理茶屋の板前相手ならそのような顔はせぬだろうに、浅はかなことだ。

まぁ見ててくださいよと、只次郎は盃の陰でほくそ笑んだ。

えぼ鯛は丸みを帯びた愛らしい形をしているが、生だとひと癖《くせ》ある魚だ。それでも塩をして干せば余分な生臭さが抜けて、しっとりとした身の中に旨みがきゅっと閉じ込められる。

お妙はその一夜干しを遠火でじっくり炙《あぶ》るので、骨の旨みまでにじみ出て、頭から尻尾まで残さず食えた。甘さを感じるほどの塩加減が、魚の味を邪魔しない。

「うぅん、ほっくり」

焼き目のついた皮と共に身を頬張《ほおば》り、只次郎はにんまりと微笑《ほほえ》んだ。

「ふむ、煙で燻《いぶ》されていて香ばしい。家だとパタパタっと焼いちまうから、こうはならないんですよねぇ」

「近ごろめっきり歯が弱くなったんですが、それでも骨まで食えちまいますよ」

「根気がいりますね、この焼きかたは」

ただの一夜干しではあるが、舌の肥えた隠居衆も満足しているようである。高い店で出る料理ではないが、家で焼くより格段に旨い。そういったものを食う機会がなく、むしろ物珍しいのだろう。

とそこへ、菱屋のご隠居と只次郎のもとに、戻り鰹の天麩羅が運ばれてきた。細めのサクに衣をつけて揚げたものを三切れ皿に載せてある。衣と身の間には、くるりと海苔《のり》が巻かれていた。

「味はついていますが、足りない場合はこちらをつけてお召し上がりください」

そう言って差し出されたのは山椒《さんしょう》塩だ。きめ細かくなるように、擂鉢《すりばち》で丁寧に擂《す》られている。

「ではさっそく、熱いうちに」

老人たちに注視されつつ、只次郎は箸でひと切れ摘《つま》み上げた。

断面の繊維《せんい》に沿って、艶《つや》やかな脂が滲《にじ》み出ている。さくりと歯を立てるとたちまちそれが、口の中に広がった。

「アチアチ、旨ぁい！」

昨日の天麩羅とは大違いだ。ほふほふと湯気を噴き上げ、体を震わせる。脂の臭みはまったくない。

「うん、揚げ具合もいいですねぇ」

ご隠居もまた、口いっぱいに頬張って至福の顔。

決して揚げすぎず、中まで火が通ったばかりのところで止めてある。ゆえに歯触りが柔らかく、瑞々《みずみず》しい。

「山椒塩もいいですよ。こってりしたのをピリッと引き締めてくれます」

「ええ、海苔の風味もいい仕事をしてますよ」

旨そうに食う二人を見ているうちに、隠居衆もしだいにもの欲しげな顔になってきた。「そんなもの食えたもんじゃない」と騒いでいた糸問屋までが、菱屋のご隠居の皿をじっと見ている。

「そんなに旨いなら、ひと切れ味見を――」

「嫌ですよ。欲しけりゃ自分で頼んじゃどうです」

菱屋のご隠居も意地が悪い。いや、この場合は食い意地か。こんな旨いものを、ひと切れたりとも譲りたくはないようだ。

そうこうするうちに示し合わせ、三人でひと皿を頼もうという流れになる。最後に一人あぶれた糸問屋も、「えぇい三切れ食ってやる」と覚悟を決めた。

「はい、かしこまりました」

ふふっと笑ったお妙に勝ち誇った様子はなく、純粋に嬉しそうである。

旨い料理に旨い酒。でもやっぱりこの笑顔がなけりゃ、胸までいっぱいにはならない。

大山たちに感じる痛みも敵娼《あいかた》を亡くしたうそ寒さも、酒と共にするりと溶けて落ちてゆく。久方ぶりに只次郎は、ほっとひと息つけた気がした。


「いやぁ、まいった。こりゃあ旨い」

糸問屋の隠居が、己の広々とした月代《さかやき》をぴしゃりと打つ。

天麩羅を頬張ったまま、「ああ、ちくしょう」と呻《うめ》いている。

いささか悔しそうではあるが、己の認識から外れた美味を、喜んでもいるようだ。

「なるほど、初鰹と違って脂が乗ってるから、火を通しても旨いんだ」

「もっと脂っこいかと思ったけど、衣がさくりとして、年寄りの腹にも重くないよ」

「さすがは菱屋さんだねぇ」

隠居衆に褒めそやされて、菱屋のご隠居も得意顔である。いい店を知っていると、仲間内の株も上がるのだろう。

上機嫌のままご隠居は、「ささ、お妙さん。こちらにどうぞ」と、お妙を小上がりの縁《へり》に座らせた。

「それでは、一杯だけ」

盃を取らされ、お妙が微笑む。そのとたん隠居衆が、周りから一斉にちろりを突き出した。

「あら」とお妙が困ったように目を瞬《しばたた》く。こんなに飲めるわけがない。

お勝がすかさず隠居衆とお妙の間に割り込んで、己の盃を差し出した。

「いい歳の爺《じじい》たちが、なにを競い合ってんだい。ほら、アタシが代わりに飲んでやるから安心しな」

お妙を酔わせてみたいらしい隠居衆は、呆気《あっけ》に取られてオコゼのようなお勝の顔を眺めている。「早く」と睨まれ、正面にいた刷毛屋が渋々酒を注いだ。

盃を片手に持ったままクッと呷《あお》り、「はい、次」とお勝が促す。差し出されたちろりの酒を、本当にすべて飲んでしまうつもりらしい。

その隙にお妙の盃は、ご隠居が満たしてしまった。

お妙の桜色の唇が白い盃の縁《ふち》を含み、キュッと窄《すぼ》まる。ただ酒を飲むだけの仕草が艶っぽく、只次郎は密《ひそ》かに見とれた。色白の頬が、ほんのり酒気を帯びてゆく。

この美しい人を、私が守る。その覚悟は若い只次郎にとって、ひどく甘やかなものだった。

「それにしても」と、天麩羅を三切れしっかり腹に収めてから、糸問屋の隠居が腹をさする。

「なんだってこの戻り鰹は、嫌な臭いがしねぇんだ？」

「たしかに。いくら天麩羅にしたって、悪くなってりゃ臭うよな」

「このところ、ずいぶん涼しくなってはきましたけどね。それでも腐るんですよ、戻り鰹ってやつは」

他の隠居衆も、そうだそうだと頷き合う。

お妙は目元を少しばかり蕩《とろ》けさせ、うふふと微笑んだ。

「たいしたことではありません。さばいてすぐに、お酒とお醤油を合わせたものに漬けておいたんです」

「なんと、それだけで？」

「ええ。お醤油の塩気は魚の傷みを抑えますし、お酒は臭み取りになります。下味もつくのでちょうどいいかと」

鮪《まぐろ》のヅケが考え出され、握り寿司《ずし》が流行《はや》るのはもう少し後のことである。そんな工夫があるのかと、只次郎は舌を巻いた。

言われてみれば、その通り。塩鯖《しおさば》の例もあるように、塩気は生ものの腐敗を防ぐ。知ってはいるが、なかなか思いつくことではない。

「昔、安い戻り鰹をどうやって美味しく食べようかと、いろいろ試したことがあったんです」

お妙はそう言って、照れたように頬を弛めた。

「なるほどねぇ。つまり女も鰹も、ちょっと脂が乗ったくらいがいいってことか」

気の利いたことを言ったつもりだろう。糸問屋は誇らしげに胸を張る。

「お呼びかい？」と、お勝がにゅっと首を伸ばした。

隠居衆に次々と酌をさせ、その顔はすっかり赤黒い。

「冗談じゃない。あんたは脂が抜けちまってるよ」

「なぁに、お互い様さ」

「ちげぇねぇ！」

糸問屋の隠居が叫び、「むしろ似合いだ」と周りの者が囃《はや》し立てた。

いい酒席だ。景気の悪い話もあったが、最後には皆が陽気に笑っている。

金さえ出せば、ここより旨いものが食える店はあるのだろう。だがこれほど和やかで、居心地のいい場所ではないはずだ。

「すみません。お妙さん、酒を一合」

もう少し飲みたくなって、控えめに耳打ちをする。お妙は「はい、ただいま」と、軽やかに立ち上がった。

「なんだい、ありゃあ」

只次郎の置き徳利からちろりに酒を注ぐのを見て、糸問屋が首を傾《かし》げる。あらかじめ酒をまとめ買いしておくのだと仕組みを教えてやると、「そりゃあ、さっそく徳利を買ってこなきゃな」と膝を打った。

この店の上得意が、また一人増えたようである。

四

朝早くから町を練り歩いてきた二基の神輿は、昌平橋《しょうへいばし》を渡って夜五つ（午後八時）

ごろ神田明神に帰ってくる。表がにわかに騒がしくなったところを見ると、神輿は川向こうまで戻ってきているのだろう。

「せっかくだからあんたたち、ちょっと見てくりゃいいんじゃないか」

夜の早い隠居衆は一人抜け二人抜け、もはや菱屋のご隠居しか残っていない。気心知れた相手と見て、小上がりに肘枕《ひじまくら》で寝そべりながら、お勝がだしぬけにそう言った。

酔いが心地よく回っているらしい。厚ぼったい瞼《まぶた》がいっそう重そうだ。

「ええ、行ってらっしゃい。お菜はあらかた食っちまいましたし、客が来たらそれなりにあしらっときますよ」

ご隠居にまで勧められ、只次郎はお妙と顔を見合わせる。只次郎にとっては願ってもない機会である。

「では、少しだけ」

「そうですね、お言葉に甘えて」

只次郎に頷き返すと、お妙は襷《たすき》を外して畳み、帯の間に挟み込んだ。

外へ出ると揃いの半被《はっぴ》を着た男たちが、神輿を担いで昌平橋を渡ってくるところだった。その帰りを出迎えようと、往来には町衆が詰めかけて、風も通らぬほど混雑している。

遠目に眺めるだけでよかったのだが、筋違橋《すじかいばし》を渡ってきた人々に前へ前へと押し出され、身動きもろくに取れなくなっていた。

「あれ、お妙さん？」

ハッとして周囲を見回すが、その姿はすでに見えない。この人出では、はぐれるのも当然である。

「ああ、しまった」

もはや神輿どころではない。はぐれたところですぐ近くに『ぜんや』があるのだから問題ないが、二人で祭りを見たかった。

人を掻《か》き分け流れに逆行しようとするが、少しも進まず押し戻されてしまう。ついには「なにやってんだ、テメェ！」と怒鳴りつけられてしまった。

「すみません」

声のしたほうに向かって咄嗟《とっさ》に謝る。その直後、肩をぽんと叩かれた。

「おい、森。森ではないか」

振り返ると、大山が満面に笑みを浮かべている。その隣には小普請の沖津もいた。

祭りの熱に浮かされて、酒を飲みつつ出歩いていたのだろう。二人ともしたたかに酔っ払い、周りの人ごみに辛《かろ》うじて体を支えられている。

「なんだ、お主も見物か」

神輿の掛け声が大きくなる。「わっしょい、わっしょい」と、見物人も唱和する。

大山の声は、それに負けぬほどよく通る。

「ええ、まぁ」と、只次郎は曖昧《あいまい》に頷いた。

「まったく、昨夜は一人で先に帰りよって。しょうのない奴だな」

「申し訳ない。どうも腹具合がよろしくなくて」

大山にはそう言い訳してあった。只次郎は情けない笑顔を作り、下腹をさすって見せる。

「まぁいい、また『ナカ』へ繰り出そう。次は沖津もな」

ナカは吉原の別称である。大山は豪快に笑い、沖津の背を抱き寄せた。

「俺はお主と違って妻子ある身だ。そんな金があるものか」

沖津には子がすでに二人ある。賭場で少しばかり場代を稼いだところで、ほとんど生活の費《つい》えに消えてしまうのだろう。

妻子を持てぬ部屋住みだが、その分気楽な大山とは正反対の立場だ。かといって、どちらがより幸せというものでもない。それが分かっているからこの二人は、立場が変わった今も仲がよいのだろう。

「奢ってやるほどの金は、俺にもない」

話しながらも押されて前に歩いていたが、その流れもついに止まってしまった。前にも後ろにも行けぬまま、神輿が遠ざかってゆくのを見送る。

神輿はやがて明神下のほうへ折れて、担ぎ手たちも見えなくなった。

人ごみが少しずつ横道に逸《そ》れて、ばらけてゆく。支えるものがなくなりふらつく大山の腕を、沖津が取った。

「おっと、すまない。そろそろ行くか」

沖津に寄りかかって体勢を立て直し、大山は只次郎に向き直る。

「ではな、森。明日は来るのか？」

今夜は祭りのため賭場は休み。明日は通常どおり行われるらしい。

「ええ、伺います」

「そうか、待っているぞ。それではな」

「はい、お休みなさい」

この二人に嫌な印象はないが、それでも「黒狗組」の一員だ。『ぜんや』に入るところを見られるわけにはいかず、只次郎はあちこちへ散ってゆく人波の中で踏ん張って、大山と沖津を見送った。

さて、と元来た道に目を転じる。浅草橋方面の流れに乗れば、すんなり『ぜんや』の入口まで戻れそうだ。だがその前に、只次郎は背後に立っていた人影に慄《おのの》いた。

「お、お妙さん。驚いた。そこにいたんですか」

いつの間に追いついていたのだろう。もしや大山たちとの話を聞かれたか。

「ええ。先ほどの方は、お友達ですか？」

「そうなんですよ。彼らもその、次男坊で。日陰者同士、気が合いまして」

べつに嘘《うそ》は言っていない。都合の悪いことを故意に省《はぶ》いてはいるが、わざとらしくはないはずだ。

「そうですか」

相槌《あいづち》を打ってから、お妙は不思議そうに首を傾げる。

「モリ、と呼ばれておいでだったようですが」

ぎくり。心の動揺を表に出さぬようにするので精一杯だった。その耳は、不都合なことを聞き逃してくれるようにはできていなかったらしい。

探るような瞳に見据《みす》えられ、只次郎は脇にじわりと汗をかいた。

五

風がひょうひょうと鳴っている、雲行きの怪しい夜だった。

また嵐《あらし》になるのか、それともただの通り風か。今年は大嵐の年らしく、八月に被害を被《こうむ》った洲崎一帯が、今月四日にも高潮で流され、人の住めぬ有様になっていた。

「さぁ、丁方ないか丁方ないか」

大嵐ならばこんなところに閉じ込められては困るだろうに、過熱した客たちは帰る素振りすら見せない。

顔ぶれは黒狗組の一味らしい男が三人、浪人者が一人、武家奉公人らしいのが二人。見ているばかりでは怪しまれると、只次郎は中盆の呼びかけに応《こた》えて丁目に賭《か》けた。

駒が出揃ったのを見て、壺振りの沖津がゆっくりと壺皿を持ち上げる。

「ゴゾロの丁！」

勝った。儲けのうちから寺銭を引いた分の木札が手元に入る。勝ち負けが五分になったあたりでいったん抜けるつもりでいるが、今のところ勝ちが続いている。

「おい、森。調子がよいな」

背後で寛《くつろ》いでいた大山が、酒気を帯びた声で呼びかけてくる。役者顔負けの響く声だ。おかげで昨日はえらい目に遭った。

「モリってどなたのことですか」と疑いの眼を向けるお妙に対し、只次郎は苦しい言い訳をしたものだ。

「渾名《あだな》ですよ。昔、盛り蕎麦ばかり食ってたことがありまして。蕎麦が抜けて『モリ』と呼ばれるようになったんです」

白々しいが、嘘と断じることもできない。「まぁ、そんなにお蕎麦がお好きだったんですか」と微笑むお妙の目は、ちっとも笑っていなかった。

勘のいいお妙のことだ。只次郎が陰でこっそり動いていることは、すでに察しているのだろう。

それならそれで、大人しく任せておいてくれればいいものを。探りを入れられるのは、けっきょく只次郎が男として信用されていないからだ。これが柳井殿ならば、お妙はなにも言わずに様子を見ることだろう。

「半方ないか、半方ないか」

次の勝負が始まっていた。只次郎はやるせない息を吐きながら、半目に賭ける。

「グサンの丁！」

しくじった。ついに連勝が止まってしまった。

「いやぁ、ここはまったくいい賭場だぜ。なんてったって、俺を勝たせてくれるんだからなぁ」

「黒狗組」三人のうち、眉尻《まゆじり》に傷のある男が木札を受け取り、呵々《かか》と笑う。この勝負でこれまでの負けを取り戻し、気が大きくなったらしい。

「よし、次も丁に賭けるぞ。壺振り、これを外したら先はないと思えよ」

賽が振られる前から丁目に張り、下衆《げす》な脅しをかけてくる。

この男は賭場に出入りしている「黒狗組」の中でも血の気が多いほうらしく、負けが込むとなにをしでかすか分からない。水茶屋の女を手込めにしたという話を、誇らしげに語るようなろくでなしだ。

それでも沖津は落ち着いて、「入ります」と壺皿に賽子を振り入れた。

他の者が張るのを待って、そっと外す。

「シロクの丁！」

「よぉし！」

男が畳を叩き、快哉《かいさい》を叫ぶ。だが勝ちは勝ちでも、ブタ目である。

只次郎は笑いを堪《こら》えて沖津を見遣った。賽子をいかさま用とすり替えるのが、すっかり上手《うま》くなったものだ。なにもなかったような涼しい顔で、一割の寺銭を引いている。

なにかあったら割り込もうと腰を浮かしかけていた大山も、座り直してにやにやと笑っていた。

「あの、失礼します」

建てつけの悪い木戸をガタガタと開け、沖津家の下男が顔を見せたのは、夜五つをとうに過ぎた頃合いだった。

心配していた風はいくぶん治《おさ》まり、嵐にはならぬようである。下男に呼ばれて大山が戸口に立ち、書状らしきものを受け取った。

おそらく紹介状だろう。その場で目を通し、下男に向かって頷き返す。

「は」と下男は腰を折り、いったん下がった。紹介状の持ち主を出迎えに行ったのだ。

「弥《や》の字《じ》からの紹介だ」

書状を懐《ふところ》に仕舞い、大山が言う。

沖津は壺を振る手をいったん止めた。

「あの男、今さらそんなものがよく書けたな」

「誰だそりゃ」と、眉傷の男も顔を上げる。

只次郎にとっては、はじめて耳にする名であった。

「大身旗本に恩を売って、仕官の道が開けそうだと言っていた奴がいただろう」

「ああ、あいつか。気に入りの小柄《こづか》を失《な》くしちまったと嘆いてた」

ぴくり。耳朶《みみたぶ》が独りでに動いた気がした。只次郎は注意深く会話に耳を傾ける。

「そう、そいつだ」と大山が頷く。

「それはまた、上手くやりやがったな」

「だがあいつは祖父の代からの浪人だろう。今さら仕官とは、騙されているのではないか？」

沖津は無闇《むやみ》に羨《うらや》まず、持ち前の冷静さを見せた。大山がニヤリと笑う。

「さぁな。ともあれ生きていることは分かった」

只次郎は木札を手の中で弄《もてあそ》びつつ、思考を巡らせる。

小柄を失くした弥の字とやら。お妙が駄染め屋の部屋で見つけたのも小柄である。

これは偶然の一致だろうか。

だが駄染め屋の面倒を見ていた佐々木様は千石取り。大身旗本というほどの身分ではない。そのあたりは、話を大きくしているのかもしれない。

これはもう少しくらい、突っ込んで聞いてみてもいいだろう。

「そのかたも、大山さんたちのご友人なのですか」

只次郎の問いかけに、大山が首を振る。

「いいや。弥太郎《やたろう》という名しか知らぬ程度のつき合いだ。この賭場が立ったばかりのころに、他の黒狗組の奴らとやって来たのでな」

「そういえばこの賭場は、いつからやっているのです？」

「今年の四月からだ」

「弥の字はいつごろから来ていない？」と、尋ねたのは沖津である。

「そうだな。七月の、半ばごろか」

大山が記憶を辿《たど》るように視線を巡らせる。期間が短かったわりによく覚えているのは、借金を踏み倒して行ったからだという。

「仕官が決まれば支度《したく》金で払うと言っていたのだが」

「そんな出鱈目《でたらめ》を信じるお主が悪いのだ」

「面目ない」

その弥太郎が髪切り騒動で捕まった浪人の言う、「爪の際が藍色に染まった男」だろうか。だがそんな話がちっとも出てこないところを見ると、目立たぬほど色が落ちていたか、いっそ別人なのかもしれない。

今少し話を聞きたかったたが、その前に下男が戻って来てしまった。後ろに従ってい
た客が座敷に通され、口上を述べる。

「お初にお目にかかり申す。紹介状にある通り、某《それがし》佐野《さの》と申す者にて」

こういう場には慣れていないのだろう、挨拶《あいさつ》が硬い。だがそんな生真面目さを嗤《わら》う
余裕もなく、只次郎は木戸口を振り返った。

声に、聞き覚えがあったのである。

佐野と名乗った相手もまた、只次郎を認めると疱瘡《ほうそう》の痕《あと》が残った頬を引きつらせた。

「山崎《やまざき》！」危うく本名を叫びそうになり、只次郎は口元を手で押さえた。

山崎とは、同じ私塾で机を並べた仲である。初めて会ったのが十二のとき。番方の
次男坊同士、意気投合し、切磋《せっさ》琢磨《たくま》し合ってきた。

只次郎がルリオを拾い、小金を稼ぐことを覚えてからは勉学に身が入らずやや疎遠
になっていたが、近ごろめでたい報《しら》せを聞いたばかりである。

小十人組《こじゅうにんぐみ》頭、高山《たかやま》様の娘婿《むすめむこ》。山崎は、その座を射止めたのではなかったか。

「いったいどういうことなんだ」

先に沖津の屋敷を辞し、帰り道で待ち構えていると、しばらくして山崎がやって来た。示し合わせたわけではないが、予期してはいたのだろう。山崎は驚きもせず、只次郎の問いかけに足を止めた。

「そういうお前こそ、なぜあんなところにいた?」

「それはべつにいいだろう。問題はそっちだ。このような悪行が露見すれば、婿養子の話などたちまち破談になるぞ」

「やはり、そうだろうか」

「当たり前だ!」

呑気《のんき》な返答に腹が立つ。昔からそうだ。この男は学問ができるわりに、周りがあまり見えていない。

風が治まった代わりに、細かな雨が降っている。二人とも笠《かさ》はなく、只次郎は「歩こう」と促した。

とはいえ千代田のお城の西、表六番町に住まう山崎と、仲御徒町の只次郎では帰る方向がまるで逆。提灯の火を心配して、ひとまず手頃な寺の軒先を借りることにした。

「紹介者は、弥太郎という男で間違いないのだな?」

「ああ」

只次郎に追及され、山崎はがっしりとした肩を気の毒なほどすぼめた。

「何者だ？」

「高山家の、雇われ侍だ」

譜代ではなく、三両一分で雇われたいわゆるサンピン侍だ。本人が言っていたという、「仕官」とは程遠い境遇である。

貸した金を回収したい大山と沖津に迫られても、山崎は「酒の席で馬が合った男に紹介された」としらを切り通していた。それはつまり、高山様に迷惑がかかっては困るからだろう。

「嘘は言っておらぬ。高山家の酒席に招かれたとき、こっそり耳打ちされたのだ」

婿養子なんぞに収まっちまったら、もう遊びもろくにできやしないんだから、その前に羽目を外してきちゃどうですか。

弥太郎はそう言って、紹介状を書いてくれたという。山崎はそれもそうかと納得して、残り少ない独り身時代を謳歌《おうか》せんとしたわけだ。浅はかにもほどがある。

聞くところによると弥太郎とやらの外見は、目元の涼しげな色男風だという。駄染め屋の印象と似通《にかよ》っている。

もしやあの男、戻り鰹になり損ねたか。

昨日のお妙の料理にかこつけて、そう考えた。外洋に出て肥え太ってくるはずが、目論見《もくろみ》が外れたのだろう。

高山様は佐々木様の下役である。高望みする駄染め屋を持て余し、押しつけられたのかもしれなかった。

ともあれ一度弥太郎の顔を確かめて、駄染め屋かどうかを見極めねば。

さて、どうするべきか。山崎に頼んで呼び出してもらうか。

だがあちらが只次郎を覚えていたとしたら、顔を合わせたとたんに逃げられてしまいかねない。どうにかして遠目に確認できないものか。

「なぁ、山崎」思案しながら口を開く。

だが山崎はそれを無視して「俺も聞きたいことがある」と、己の問いを重ねてきた。

「お前のほうが先に、高山家の婿養子の話を持ちかけられていたというのはまことか?」

只次郎は息を呑んで山崎を見返した。なぜそんなことを知っている?

山崎の目ににじんでいるのは、非難の色だ。

「ああ」と、仕方なく頷いた。

「なぜ断った。いい養子先を見つけようと、共に勉学に励んだのではなかったか」

「いや、そういうの、もういいかなと」

「なんだと！」

山崎の熱情に押され、町人のお妙たちと話すような、とことん砕《くだ》けた口調になってしまった。これでは火に油である。

「婿養子と言っても、上役の佐々木様が気まぐれに仰《おつしや》ったまで。高山様はご存じないはずだ。そんなことよりも――」

只次郎としては、話を弥太郎に戻したい。だが山崎はすっかり頭に血が上っていた。

「そんなこととはなんだ！」

厳《いか》つい手で只次郎の両肩を摑み、揺さぶってくる。

「そうやってお前は、本心では俺を馬鹿にしているのだろう」

それはあまりな言いがかり。只次郎は呆れてものが言えなくなった。

「俺は、お前に勝てたためしがない。学問は俺が十覚えるうちにお前は二十覚える。朋輩《ほうばい》に愛され師に愛され、誰よりも目をかけられていたというのに、『もっと面白いものを見つけた』と商売なんぞ始めおって。婿養子の一件でも、お前に席を譲られる形になってしまったとは情けない」

只次郎が言葉を失っているうちに、山崎は好き勝手に言いつのる。いくらなんでも買いかぶりだ。

「腕っぷしは、山崎のほうが強いだろう」

せめてひとこと、言い返す。

山崎は、引きつった笑みを浮かべて只次郎から手を離した。

「お前には分からぬ。俺の頓着《とんちゃく》しているものを、さっさと手放して行ってしまうお前にはな」

友と思っていた男からの、思いもよらぬ拒絶だった。

士分にとらわれず生きていきたい只次郎と、そこに拠《よ》って立つ山崎。気づかぬうちに只次郎は、彼の矜持《きょうじ》を傷つけていたのかもしれぬ。

馬鹿になど、しているはずがないだろう。そう言ってやれないのは、只次郎にも自覚があるからだ。

武家の二、三男など、しょせん長子になにかあったときの予備である。そんな惨《みじ》めな境遇に己を落とし込んだ身分や体制なんぞにしがみつき、もがいている者たちを、「黒狗組」の連中であれ山崎であれ、どこか哀れと思ってしまう。

目を転ずれば、この世はもっと面白いのではないか。それなのになにをもがき苦しむ必要があるのかと、もどかしさすら覚えている。

山崎は只次郎の目を正面から捉《とら》え、弁明を待っているようだ。だが思いつくのは、慰《なぐさ》めにもならぬ言葉ばかりだった。

「俺とお前、どちらが先にいい養子先を見つけるか、競争だぞ」と言った山崎の、幼い日の笑顔がひどく遠い。

「すまぬ、もう行く」

山崎は諦《あきら》めたように目を伏せ、身を翻《ひるがえ》した。

只次郎は遠ざかる背中に呼びかける。

「おい、あそこにはもう二度と行くなよ！」

間髪を容《い》れず、「言われずとも！」と返ってきた。

山崎は振り返らない。その背中が闇に紛れてしまってから、只次郎は息を吐いて天を仰いだ。

「ゴゾロの丁！」中盆の野太い声が、まだ耳の中に残っている。

人の世というのはまさに賽の目のようなもの。ころころと形を変えて、思いもよらぬところに転がってゆく。

同じ道を歩いていたはずの山崎とは、いつの間にこれほど隔《へだ》たってしまったのだろう。

無性に酒が飲みたくなった。『ぜんや』に顔を出すには、もう遅い。

家に帰って、鶯の笹鳴《ささな》きを肴《さかな》に一人酒か。

雨は勢いを増している。頬に苦い笑みを刻み、只次郎はその中に一歩を踏み出した。

紅葉の手

一

差し向けられた駕籠《かご》に乗り、えっさほいさと揺られてきた。

そのせいで、目的地に降り立っても足元がおぼつかない。そんなはずはないのに、地面がゆっくりと動いている。

慣れないものに乗るもんじゃないわ。

お妙は我が身よりも大事に重箱を抱え、息を深く吸って吐く。何度かそれを繰り返すうちに、揺れがましになってきた。

海が近いとあって、仄《ほの》かに潮《しお》の香りがする。目の前を流れる新川《しんかわ》には伝馬船《てんません》が盛んに行き来し、川縁《かわべり》に建ち並ぶ土蔵《どぞう》に酒樽《さかだる》を下ろしてゆく。

下《くだ》り酒《さけ》問屋が立ち並ぶ、霊岸島四日市町《れいがんじまよっかいちまち》の光景である。

神無月《かんなづき》二十二日。暦《こよみ》はすでに冬となり、じっと立っていると爪先《つまさき》がしんしん冷えるほどなのに、積み荷を降ろす男たちの体からは微《かす》かに湯気が上がっていた。

「やれやれ。まったく駕籠ってのは、かえって疲れる気がするねぇ」

後ろを走っていた駕籠も追いつき、お勝がぼやきながら降りてくる。

自分の足で歩くよりはたしかに速いが、さほど乗り心地のいいものではない。同感だと言う代わりに、お妙はお勝に苦笑を返した。

「お妙さん、お勝さん。ほんにお出《い》でくだしゃって、ありがとうございます」

迎えに出た女中のおつなが、駕籠舁《か》きに銭を払って腰を折る。

こうして新川の袂《たもと》までやって来たのは他でもない、酒問屋升川屋《ますかわや》の主人とそのご新造、お志乃《しの》の招きによるものだった。

「申し訳ねぇがお妙さん、お志乃があんたに会いたいって聞かねぇんだ。客が増えて忙しそうだが、どうにか遊びに来ちゃくんねぇか」

升川屋喜兵衛《きへえ》がどこか面やつれした顔で、そう頼んできたのが五日前。この男が『ぜんや』に顔を出すときは、たいていお志乃絡《がら》みである。

「ちょうど離れもできたとこだ。お志乃もそっちに移ってるし、お勝さんも交えて女同士、ゆっくり話がしてぇんだとさ」

お志乃のために、中庭に産屋《うぶや》を建てているという噂《うわさ》は聞いていた。だが升川屋の口振りでは、子を産むためというよりも、お志乃の部屋という位置づけのようだ。

「それはもちろん、喜んで」

つわりがひどかったころは喜兵衛の求めにより、口当たりのいいものを作って女中に持たせていたが、近ごろは落ち着いているらしい。

夫の浮気を疑って『ぜんや』に駆け込んで来た六月以来、お志乃の顔を見ていなかった。会いたいのはお妙も同じである。

「離れのご落成《らくせい》もおめでとうございます。これでお志乃さんも、ゆったりと構えて産み日を迎えられますね」

「ああ。それがゆったりしすぎて、離れから出て来やがらねぇんだ」

「あらまぁ」

これはどうも、雲行きが怪しい。ただ無聊《ぶりよう》を慰《なぐさ》めてほしいというだけの申し入れではなさそうだ。

「なにかあったんですか」と問うてみれば、升川屋は疲れたように吐息《といき》を洩《も》らした。弱っている色男にはつけ入る隙《すき》がありそうで、女のほうが放《ほう》っておかない。現にお勝が「なんだい、そそる顔をして」と、話の輪に加わった。

「もしかしてあんた、まだ許してもらってないのかい？」

「いや、それは潔白だと分かってもらえたんだが」

吉原の遊女から起請文《きしょうもん》を受け取ったかどで、揉《も》めていた二人である。

お妙の目には、子ができたと分かったお志乃が覚悟を固めただけに見えた。升川屋はそれを、許されたと思っているようだ。

「甘いね」

お勝もまた、升川屋の青さを鼻で笑う。

「賭《か》けてもいい。きっと起請文のことは一生言われるよ。女の恨みはね、いつだって堪忍袋《かんにんぶくろ》の中に詰め込んであるんだ。緒《お》が切れたとたんにふき出す仕組みさ」

同じ女として、お妙にはその仕組みがよく分かった。頷《うなず》いていると、升川屋が「お妙さんまで」と恐ろしいものを見るように目を剝《む》いた。

「特に懐妊中の亭主の仕打ちは、体が普通じゃないせいか本当によく覚えてるもんだ。アタシもつわりを我慢しながら拵《こしら》えた味噌汁《みそしる》を、亭主に『薄くって飲めたもんじゃねえ』って言われたの、いまだに根に持ってるからね」

人からすれば、それしきのこと。だが妊婦は十月十日の間、ずっと体が辛《つら》いのだ。優しさのないひとことは身にこたえるのだろう。男には、いまひとつ分からないことかもしれないが。

「でもね、ひどい仕打ちだけじゃなくって、よくしてくれたこともちゃんと覚えてるのさ。うちの亭主だって、腹が大きくなって腰が痛くって眠れないときに、ひと晩中さすってくれたもんだ。だからあんた、お志乃さんにはこれ以上ないってくらい優しくしてあげるんだよ」

お菜にも手をつけずにひたすら怯《おび》えていた升川屋が、お勝の言葉にようやく救われたようだ。ホッと肩の力を抜き、大根の味噌炒《いた》めに箸《はし》を入れた。

「そんなら平気だ。お志乃のことは、真綿に包《くる》むように大事《でえじ》にしてるからよ。難儀なのは、うちのお袋のほうなんだ」

升川屋が言うに、お志乃と義母の間柄《あいだがら》はうまくいっていないらしい。浮気騒動のときもお志乃が家を飛び出すきっかけになったのは、姑《しゅうとめ》に覚悟が足りぬと責められたことだった。

「そのへんからぎくしゃくしちゃいたんだが、ちょっと前にお志乃が転んだんだ。庭石に腰を打ちつけて、医者を呼んだりなんやかやと、騒ぎになるくれぇの転びかたで」

「まぁ、危ない」

「幸い大事には至らなかったんだが、お志乃は転んだのをお袋が驚かしたせいだと言うんだ。でもお袋はそんなつもりはないと泣くし、さっぱりわけが分かんねぇ」

そしてそれっきり、お志乃は離れに籠《こも》ってしまった。食事も別で、母屋《おもや》にはまったく顔を見せないという。

「ちょうど今は恵比寿講《えびすこう》の支度で忙しいってのに、手伝おうともしねぇんだ。嫁として覚えてほしいことはたんまりあるのに、お袋も困っちまってよ」

恵比寿様は神々が出雲《いずも》に集う神無月の、留守居役。十月二十日にはどの商家でも親戚《しんせき》や得意先を招き、宴会が催される。貨殖《かしょく》を祈る祭りとあって、升川屋ほどの家となれば、その規模はさだめし盛大であろう。

酒食の用意にも、毎年の取り決めがあるかもしれない。女中を使ってそれを差配するのこそ、お内儀《かみ》の仕事である。

将来升川屋の奥向きを預かる者として、お志乃が教わるべきことは多かろう。身重《みおも》とはいえそれを完全に放棄してしまっては、家中の風当たりも強くなる。古くからいる女中たちの中には、お志乃に対する不満を隠そうとしない者まで出てきてしまった。

「赤ちゃんが心配なんでしょうね。たしかに、少し頑《かたく》なかもしれませんが」

お妙は言葉を選びつつ頷《うなず》く。

お志乃が嫁してきて、ちょうど一年。身重な体できりきり働けというのではない。そろそろ升川屋の嫁としての自覚を持ってもらいたいというのが、喜兵衛の本音だった。

だがお志乃も故郷から遠く離れた地での初産《ういざん》とあって、不安なのだ。それを分かってやらずして、務めを果たせというのも酷なこと。歩み寄りは、双方に必要である。

「そんなわけで、お妙さんたちにはひとつ、あいつの心を解きほぐしてもらいてぇんだ。恵比寿講が終わってからでいいからさ」

今は家中がばたついていて、客を呼ぶどころではないのだろう。

「かしこまりました」と頷くお妙に、升川屋は晴れやかな笑顔を見せた。嫁姑《よめしゅうとめ》の間に挟まれて、よほど参っていたらしい。

「それは、本来あんたの役目じゃないのかい」

お勝がぎょろりと升川屋を睨《にら》む。一人肩の荷を下ろしたような顔つきをしているのが、気に食わなかったようだ。

「お袋にもお志乃さんにもいい顔をしたいじゃ収まらないよ。お志乃さんの言い分をしっかり聞いて、味方になってやんなきゃ」

「なんだよお勝さん、虐《いじ》めるねぇ。だからこうして頼みに来てんじゃねぇか」

やはり根本から分かっていない。そこは人任せではいけないのだ。

女同士のいざこざに首を突っ込むのはうんざりだろうが、亭主の曖昧《あいまい》な態度が嫁姑の仲をより悪くする。そこが男として、まさに技量の見せどころである。

「よくお聞き、升川屋。あんたのお袋は、あんたがなにをしたって、あんたのことが好きだろう。でもお志乃さんは、元は他人だ。やるべきことをやらなけりゃ、あっという間に嫌われちまうよ」

「だから、なんでそう脅《おど》すんだよ。大丈夫《でえじょうぶ》、お志乃には箸より重いものは持たせてねえよ」

先ほどから、どうも話が嚙《か》み合わない。もやもやしたものが胸に残り、これではお志乃もたまったものではない。

これは是非とも、話を聞いてやる必要がある。

お妙とお勝は顔を見合わせ、なにも言わずに頷き合った。

二

女中のおつなに案内されて、お妙とお勝は裏口からそっと中に入った。

立派な土蔵の脇《わき》を抜け、丁寧《ていねい》に掃き清められた石畳《いしだたみ》を踏んでゆく。四季折々の草木を配した中庭は品があり、表通りの賑《にぎ》わいもここまでは届かない。

聞こえるのは微かな葉擦《はず》れと、ちろちろと流れる水の音。庭の中ほどに池があり、水面《みなも》に張り出す松の枝ぶりが見事である。

「まるでお大名のお屋敷みたいだねぇ」

本物の大名屋敷がどんなものかは知らないが、お勝が感嘆の声を洩《も》らす。

椋鳥《むくどり》が木に生《な》ったままの熟柿《じゅくし》をついばみ、ひと声鳴いて飛んでゆく。その先に、数寄屋《すきや》造りの離れがひっそりと佇《たたず》んでいた。

母屋からは例の松の木と籬《まがき》が障害となり、ほとんど見えない。そういうふうに、升川屋が配慮したのだろう。こぢんまりとはしているが、新築だけあって玄関を入ると真新しい木の香りがふわりと立ち昇った。

間取りは二間続き。簡単な煮炊《にた》きができるお勝手もついており、お志乃とおつなの主従二人が過ごすにはお誂《あつら》え向きと思われる。

一昨日《おととい》の恵比寿講の折も、お志乃はこの一室に籠りきりで親戚の前にすら姿を見せず、大いに不興を買ったと聞き及んでいた。

「お妙はん、お勝はん、おおきに。よう来てくれはりました」

奥の部屋に通されるなり、待ち受けていたお志乃が顔を輝かせる。

今日は二の亥《い》の日。町家の炬燵《こたつびら》開きとあって、部屋の真ん中には置炬燵《おきごたつ》が据《す》えられていた。

来客の際は火鉢を使うのが普通だが、升川屋からは体を冷やすなときつく言い聞かされている。どのみち女ばかりの気楽な集まりだ。皆で炬燵を囲むのも悪くはない。

「お久しぶりですね、お志乃さん。お加減はいかがですか？」

「へぇ、脚《あし》が浮腫《むく》みやすうて、腰が痛むのが難儀どす。せやけど中のお人はえらい元気で、動き回ってますえ」

「触っても？」

「ええ、もちろん。お妙はんにあやかって、綺麗《きれい》な子ぉになりますように」

「おや、じゃあアタシは触らないほうがいいね」

「お勝はんみたいに、強い子ぉになりますように」

二人でそっと、お志乃の腹を撫《な》でてみる。もう七月《ななつき》になるそうで、大きく前にせり出していた。

「このところ、もう重とうて、重とうて。早よ出てきてくれたらええんどすけど」

「甘いね。まだまだ大きくなるんだよ」

お勝がニヤリと笑って脅しをかける。お志乃は「恐ろしわぁ」と嘆きつつも、幸せそうだ。

「あっ、今！」

腹に当てた手のひらに、コツンと軽い振動が伝わった。

「蹴《け》りゃはった」

お志乃が照れたように微笑《ほほえ》む。これから生まれてくるまっさらな命が、そこにある。殺伐《さつばつ》とした出来事に乱されがちだった胸に、ぽっと灯《あか》りが点《とも》ったようだ。お妙は久方ぶりに、心の底から笑えた気がした。

炬燵に差し入れた膝先《ひざさき》が、じんわりと温かい。おつなが淹《い》れてくれた煎茶《せんちゃ》もいい塩梅《あんばい》で、冷えていた体に血が巡る。

「まったくこの炬燵ってのは、罪だねぇ」

一度入ったら出られやしない。お勝は布団を肩まで被《かぶ》り、ぬくぬくと目を細めた。

丸髷《まるまげ》のお志乃は、まだ見慣れない。それでも丸みを取り戻した顔によく似合っている。乙女のような愛らしさは鳴りを潜《ひそ》め、女の色香がにじみ出てきたようである。子を身に宿した女の健《すこ》やかな美しさは、お妙の目には少しばかり眩《まぶ》しかった。

「すんまへん。お店、休みにさせてしもうて」

「平気ですよ。夕方からは開けますから」

昼によく来る常連客には、前もって告げてある。荒っぽい連中も中にはいるが、懐妊中の友人を見舞うと言うと、皆快《こころよ》く承諾してくれた。

「林様やご隠居はんも、お元気であらしゃりますか？」

「ええ、相変わらずですよ」

「早う身軽になって、また『ぜんや』に行きたいわぁ」

本当は、変わったことならいくらでもある。なにをしているのか只次郎は、近ごろあまり店に寄りつかない。おおかた神田祭の夜に見かけた、あまり質《たち》のよくなさそうな仲間と悪所通いでもしているのだろう。

あの男たちが、例の「黒狗組」なのか。武家とは思えぬ酔いざまで、荒《すさ》んだ生活が目元ににじみ出ていた。

あれほど止めたにもかかわらず、只次郎は小石川の賭場《とば》に行ったのだと思う。そして若い者同士、当初の目的も忘れて意気投合したのだ。だって、「また『ナカ』へ繰り出そう」と誘われるほどの間柄なのだから。

お妙ははじめ、聞き間違いかと耳を疑った。失礼ながら、弟を思う姉のような気持ちだろうか。まさか、只次郎にかぎって。「ナカ」へ通うにしても、徒党を組んでゆくのは軽薄すぎる。その純情を信じていたのに、裏切られたような気さえした。

「どうしはったんどす。なんや怖い顔して」

「えっ」

お妙はハッとして己の顔に手をやった。

「なんでもありませんよ」と頬《ほお》を揉《も》む。

そう、なんてことはない。只次郎に、勝手な期待を押しつけてしまっただけ。お妙に見せぬ顔があったにしても、しょせんは赤の他人だ。店に来れば客としてもてなしもするが、それだけのことである。

元来お妙は他者とはべったりにならない性質《たち》だ。いつだって、それなりの節度を保って接してきた。それがこんな途方もない心地にさせられるなんて、あのお侍の愛嬌《あいきよう》は少し危うい。

なにを思っているのか、お勝が横目にこちらを見てくる。なんでもお見通しのギョロ目から、逃れるように話を続けた。

「呼んでくだされば、また来ますよ。小さなお子様がおいでだと、なかなか外に出づらいでしょうから」

「んもう。お妙はんまでうちを閉じ込めようとしやはる」

お志乃が小さな口を尖《とが》らせる。

「だんさんときたら、あれもあかん、これもあかんで、なんも身動きがとられへん。ほんまはうち、紅葉狩《もみじが》りに行きたかったんどす。せやのに外は冷える、内にしろと言わしゃって」

升川屋たちが春に観桜の会を開いたように、お妙の料理で紅葉を楽しみたかったらしい。昨年の今ごろは江戸に慣れることに必死で、季節を感じる暇もなかったのだ。

「おつな、ちょっとそこ開けとくれやす」

部屋の隅《すみ》に控えていた女中が、立って中庭に面した障子を開ける。正面に、真っ赤に色づいた楓《かえで》の若木が植えられていた。

「ほら、これやもの」

お志乃が呆《あき》れたように肩をすぼめる。

楓の木は、この日のために升川屋が植えさせたのだろう。お志乃を大事に思っていることは、たしかに伝わってくるのだが。

「男のやることって、たいてい的外れなんだよねぇ」

お勝のひと言が、その場にいた女たちの心の内を物語っていた。

「そうなんどす。うちはただ、お屋敷の外に出たかっただけやのに」

はじめての子で、舞い上がっているのは分かる。だが升川屋の気遣いは、妻子を守らんとする己に酔っているようにも見えた。

たとえば食べるもの一つ取っても、すっぽんは首の短い子が生まれるだの、蟹《かに》を食うと難産になるだの、雀《すずめ》を食べ酒を飲むと、子供が将来堕落するだの、疑わしい噂を仕入れてきては、口やかましく言うそうだ。

うんざりしたお志乃が「へぇへぇ」と聞き流していると、「お前のために言ってんじゃねぇか」と怒りだす。好物の柿《かき》も、「体を冷やす」と一欠けらも食べさせてもらえず、不満を溜《た》め込んでいる様子。ちっとも「大丈夫」じゃありませんよと、升川屋に忠告してやりたい。

「それであの、お願いしといたものどすが――」

お志乃が上目遣いにこちらを見てくる。

お妙は微笑みを浮かべて頷いた。

「ええ、用意してまいりましたよ」

「ああよかった」

今日の訪問が決まってから、おつながお志乃の手紙を持って『ぜんや』を訪れた。

曰《いわ》く、久しぶりに会えるのが嬉《うれ》しい。食欲も戻ったことだし、またお妙さんの料理が食べたい。実は食うなと止められているが、どうしても食べたいものがあり――。

その食べたいと訴えているものが、寿司《すし》だった。

江戸前の握り寿司が流行《はや》るのはまだ先のこと、このころの寿司といえば、押し寿司である。屋台では職人たちの小腹を手っ取り早く満たせるよう、飯をこれでもかとぎゅうぎゅうに押し込んで大きく切ってある。

升川屋が買ってきて食べているのがやけに美味《おい》しそうに見えたのだが、「お前《めえ》は食うな」と止められた。たねは酢で締めてあったり、煮たり茹《ゆ》でたりしてあるが、屋台のものは作ってからどれほど経《た》っているか分からない。常よりも体に毒が回りやすい妊婦なら、控えたほうがいいだろう。

その理屈は分かるのだが、なぜか食べたいという気持ちが治まらない。お妙さんの料理であれば信用できるから、ぜひお願いしたいというのである。

「でもその前に、少しお庭を歩きませんか。お昼にはまだ早いですから」

「へぇ、せやけども――」

中庭で転倒して以来、お志乃は厠《かわや》以外の用事で離れを出ていない。姑がいつまた嫌がらせを仕掛けてくるか分からないというのだ。

「でもさ、お姑さんにとっても大事な初孫だろ。なんの得があって、腹の子に害があるようなことをするのさ」

「そんなん、知りゃしまへん。あのお人は、とにかくうちが気に食わへんのどす。だんさんがそのままでええと言わしゃるものを、なんでもかんでも江戸風に改めろとたしなめてきやる。言葉も食べるもんも着物も、上方風《かみがた》は鼻につかはるようで。実家に手紙を出すのですら、ええ顔しやはらへん」

これまでお志乃は姑の愚痴《ぐち》を言わぬよう我慢してきたようだが、江戸の女と上方の女、お互い相容《あいい》れぬところがあったのだろう。

そしてここでもまた、升川屋の処置の甘さが出ている。本当に「そのままでいい」と思っているなら、母親にも言い聞かせておかねばならなかった。けっきょくはその場しのぎなのである。

「心配なら、手を取って歩きますから。体は適度に動かしておいたほうが、お産が軽くなるといいますよ」

重ねて誘うと、お志乃は「へぇ、そういうことなら」と頷いた。

三

お志乃の小さな手を引いて歩いていると、升川屋が干渉しすぎるのも分かる気がする。

どこもかしこも小作りにできており、腹ばかりが目立つため、ただ歩いているだけでもハラハラと気を揉んでしまう。少しの段差も不安になって、「足元お気をつけて」と声をかけていると、「見えてますから」と笑われた。

ゆっくり、一歩一歩確かめるようにして歩いてゆく。お勝と共に後ろからついてくるおつなは、久しぶりに聞く主人の笑い声に涙をこらえている。

実家ではなんの苦労もなく過ごしてきたのにと、口惜《くや》しさを嚙みしめているのである。だがお志乃がいまだに婚家に馴染《なじ》めていないのは、この身贔屓《みびいき》な女中が常に傍《そば》に控えているせいもあろう。おつなが主人の肩を持ち、「ご新造はんは悪うない」と耳元で囁《ささや》くものだから、お志乃もその気になってしまうのだ。

先ほどから幾人か母屋の女中を見かけているのに、向こうから挨拶《あいさつ》もしてこないのはあきらかに異常だった。

お志乃もまた歩み寄ろうとはせず、つんと取り澄ましている。もう少しうまく立ち回れそうなものだと思うが、蝶《ちょう》よ花よと大事に育てられてきたぶん、人に譲るということを知らないのだろう。

そもそも寿司がどうしても食べたいのなら、家の者に作ってくれと頼めばいい話だ。

それができないほど、母屋とは隔たりができている。

さて、これはどうしたものか。お妙はお志乃が転んだという庭石のあたりに目を向けて、ううんと軽く首を捻《ひね》った。

「おう、お志乃」

苔《こけ》に滑らぬよう注意を促し、池の周りを巡っていると、升川屋が母屋の縁側に顔を出した。よたよたと歩くお志乃を見て、その可憐《かれん》さに相好《そうごう》を崩す。

「お妙さん、お勝さん、今日は本当にありがとう。ゆっくりしてってくれな」

「言われいでも、楽しいやってます」

そう言って、お志乃はことさらお妙に身を寄せてきた。夫を妬《や》かせたいのだろうが、

「そりゃよかった」と笑う升川屋にはあまり通用していない。

「後で茶菓でも届けさせるよ」

頓着《とんちゃく》のないその様子に、お志乃が恨みがましい目を向ける。本当は、もっと話を聞いてほしいのだろう。

「これからお昼にしますから、升川屋さんもよろしければ」

気を利かせて誘ってみたが、升川屋は「いいや」と首を振った。

「そうしてぇのは山々だが、こっちも客があってな」

言い終わらぬうちに、升川屋の背後からのっそりと、恰幅《かっぷく》のいい中年者が歩み出てきた。

脂の乗った面つきと、上質な着物。こちらもどこかの大商人と見受けられる。

「これはこれは、ご新造様。一段高いところから、あいすみません」

顔に折り目でもついているかのようにくしゃりと笑い、目の高さが合うよう腰を屈《かが》めてくる。

「近江屋《おうみや》はん、こちらこそ見苦しいなりでお恥ずかしいこと」

お志乃が挨拶を返すのを聞き、ああこの人がと得心する。

近江屋は木場《きば》に店を構える材木問屋。日光東照宮修築の際に材木を納め、それ以来たいへんに繁盛《はんじょう》しているそうだ。

このたびお志乃の離れを造るにあたり、材木を工面したのが近江屋だという。

「では、これにて」と慇懃《いんぎん》に腰を折り、升川屋に伴われて去ってゆく。菱屋のご隠居にも劣らぬ狸《たぬき》と見たが、こちらのほうがこってりと、俗世の垢《あか》を溜め込んでいそうだ。

「じゃ、後は頼みまさぁ」

そう言い置いて、升川屋は室の障子を閉めてしまった。

離れに戻ってきたお志乃は、おかしなくらい陽気だった。

「はぁ、すっかり冷えてしまいましたなぁ。ほら、早よおこたに当たっとくれやす。嫌やわぁ、ちょっと歩いただけやのに、もうお腹《なか》が鳴りそう。お妙さんのご飯が楽しみやわぁ」

升川屋に宣言したように、精一杯楽しくしようとしているのだろう。ひとこと「寂しい」と言えばいいのに、意固地になっている。

「およしよ、お志乃さん。アタシらの前で、そんなに気を張ることたぁない」

お勝に言われ、みるみる元気が萎《しぼ》んでゆく。

「すんまへん」

「いいんだよ。笑いたきゃ笑い、泣きたきゃ泣く。それができるのが、女同士のいいところだろ」

鷹揚《おうよう》に笑うお勝につられ、お志乃もふふっと口元を緩めた。

「ええわぁ、お勝はんみたいな人がお姑さんやったら、仲良うやっていけそうやのに」

「そうかい？　息子の嫁たちは近寄ってもこないけどね」

「それはお嫁さんじゃなく、息子さんたちが怖がっているんですよ。ねえさんとお嫁さんが手を結んだら、とても敵《かな》わないから」

お妙の亡き夫、善助《ぜんすけ》がそうだった。養父だったときも夫になってからも、「もっとお妙の気持ちを汲《く》んでやんな」とぴしぴしやられ、「勘弁《かんべん》してくれよ」と嘆いていた。

その前例があるからこそ、お勝の息子たちは嫁を母親に近づけたがらない。

「ふん、それしきのことで情けない。鍛《きた》え方が足りなかったかねぇ」

いや、おそらく充分鍛えられてきたから、もう御免だと思っている。

「お嫁さんの肩を持たはるんどすか。逆やのうて？」

「そりゃあんた、うちの愚息なんかに嫁いでくれた子なんだからね。育ててみりゃ分かるだろうけど、男の子なんてのはほんと、ろくでもないんだから」

お勝のあんまりなもの言いに、お志乃がころころと声を立てて笑う。その中に「ほんま、ええなぁ」という小さな呟《つぶや》きが交じっていたのを、お妙は聞き逃さなかった。

「姑が無事で嫁憎し」とはいえ、はじめからいがみ合いたいわけではなかったろう。誰《だれ》だって、仲の良い嫁姑には憧《あこが》れる。

それでも女二人がひとつ屋根の下に暮らしていると、どうしても瑣末《さまつ》な違いが引っかかる。こんなはずじゃなかったと、互いに相手をそしりつつ、悔やむ気持ちもあるはずだ。

「そろそろ、お昼にしましょうか」

「わぁ、嬉しい」

お志乃が歓喜の声を上げる。持参した重箱は、涼しいお勝手に置いてある。

「ほな、お支度します」とおつなが立った。

「お妙はんは、今日はお客さんどすから」

共に立とうとしたお妙はそう言って制されたが、「いいえ、まだ最後の仕上げが残ってますので」と、しれっと嘘《うそ》をついた。

おつなにひとつ、頼みたいことがあったのだ。

お重の蓋《ふた》を開けたとたん、「わぁ」とお志乃が目を輝かせた。

「綺麗。丸っこうて、彩《いろど》りようて、鞠《まり》みたいどすなぁ」

こんなお寿司はじめて見たわぁと、感嘆の声を洩らす。団子のように小さく丸められた寿司は、屋台で売られているようなものとはまるで趣《おもむき》が違っていた。

寿司が食べたいとの仰《おお》せとはいえ、お志乃のおちょぼ口にあの大きな寿司は不粋《ぶすい》ではないかと思われた。ゆえに茶巾絞《ちゃきんしぼ》りの要領で、たねと飯をひとつずつ、キュキュッと小さくまとめてみた。

たねは小鰭《こはだ》、海老《えび》、烏賊《いか》、鯖《さば》、甘鯛《あまだい》、平目《ひらめ》、鮪《まぐろ》。薄焼き卵で包んだものは、多産を祈って酢蓮根《すれんこん》の薄切りを乗せてある。

甘いものが好きなお志乃のために、蒸した南京《なんきん》を潰《つぶ》し、茶巾絞りにしたのも用意した。

他の重には叩《たた》き牛蒡《ごぼう》の胡麻和《ごまあ》え、菠薐草《ほうれんそう》の海苔《のり》びたし、凍《こお》り豆腐の煮しめ、そしてもうひとつ甘いもの、干し無花果《いちじく》の黒砂糖煮を詰めている。無花果には柿とは違い、体の中心を温める作用があるという。

「あ、そうや。おつな。あれ、おつな？」

「すみません。おつなさんには、私がさっき頼み事をしてしまったので。なにかご用でしたか？」

「ああ、そうどすか。いえ、そこの楓の葉を二、三枚散らしたら、風情《ふぜい》がええのやないかと思うただけで」

「それでしたら、私が取りましょう」

お妙はさっと立って、縁側から手を伸ばす。色づきのいいのを少し取り、いったんお勝手で洗ってから戻ってきた。

「ああ、本当。秋の膳《ぜん》になりましたね」

味に影響するわけではないが、こうした気遣いは作り手にとってても嬉しいものだ。

お勝がお重を覗《のぞ》き込み、「いいもんだ」と目を細めた。

「こりゃあ、思いがけず紅葉を楽しめたね。升川屋に礼を言っといとくれよ」

そう言われ、お志乃がはっと口元に手を当てる。

「そういえばうち、拗《す》ねてばっかりでまだお礼ゆうてへんかった」

「たまにゃ褒《ほ》めてやんな。男のすることは的外れだけど、案外可愛《かわい》いもんだよ」

「へぇ。もうちょっと、柔らこうならんとあきまへんね」

さすがはお勝だ。説教臭くもならず、自然と升川屋に思いを至らせる。夫婦とはいえ、日々の感謝を忘れてはお終《しま》いだ。

「障子、開けておきましょうか」

「少し寒いやろうけど、よろしおすか?」

「ええ、おこたがありますし」

お志乃も足腰を冷やさなければ平気だろう。

この若木が大きく枝葉を広げるころには、お腹の子も嫁か婿《むこ》を迎えるようになる。

そのときお志乃は、今日のこの日を思い出すだろうか。

案外すっかり忘れてしまって、堂々と「姑」をしているかもしれない。

そんなことを考えて、お妙はくすりと笑みを洩らす。もしそうなったら、また寿司を作って持ってくることにしよう。

「ん、美味《おい》し！」

このころの炬燵には天板がない。傍らに脚つきの膳を置き、料理を取り分けてゆく。さっそく平目をつまんだお志乃が、頰をきゅっと持ち上げた。

「昆布締《こぶじ》めどすな。白身のお魚はやっぱりこれが一番やわ」

上方の者らしい喜びよう。白身魚と昆布の組み合わせはあちらでは定番だが、とかく平目は相性がいい。

身重の体を慮《おもんぱか》り、小鰭は酢締め、海老は茹で、烏賊は格子の切り目を入れてさっと炙《あぶ》ってある。あたりやすい鯖は塩と酢で締めた上さらに炙り、甘鯛は幽庵《ゆうあん》焼《や》きにして小さく切った。

「う〜ん、幽庵焼きの柚子《ゆず》の風味がまた、酢飯と合いますわぁ」

お志乃は二人分の食欲を発揮して、どんどん寿司を平らげてゆく。一つ一つが小さいとはいえ、気持ちがいいほどの食いっぷりだ。

「それで、この赤黒いのはなんですのん？」

だが鮪の寿司を前にして、戸惑ったように手を止める。その身は黒味を帯びて照り輝いており、毒々しくもある。

「鮪をお醤油《しょうゆ》とお酒に漬けたものです。古くなっているわけではありませんよ」

むしろ妊婦に食べさせるのだから、鮮度には気を遣った。はじめ鮪の寿司は考えていなかったが、身崩《みくず》れのないいいものが入ったので、先日の戻り鰹《がつお》と同じく漬けだれに浸《ひた》してみたのである。

「ああ、ほんま。お醤油が染《し》みて、まろやかになってますなぁ」

そのほうが合うので醤油は濃口を使っているが、お志乃はもうすっかり慣れたのだろうか。つけ醤油として添えてあるのも濃口で、それぞれの寿司には下味がついているにもかかわらず、たっぷりとつけて食べている。

箸休めに菠薐草をつまんでから、お志乃は思いつきを口にした。

「このお寿司、桃の節句なんかにちょちょいと詰めて売ったら人気になりそうどすなぁ」

「ああ、それはいいですね」

子連れで来る場所ではない居酒屋だが、お土産《みやげ》として出せば喜ぶ客はいそうである。

「ころころ手鞠《てまり》寿司、ゆう名前で出したらどうどすやろ。うちも女の子が生まれたら買《こ》うてあげたいわぁ」

お志乃の意外な商才である。しかもなかなかいい名前だ。

「いや、アタシはたぶん男の子だと思うけどね」

「なんでどす？」

「知らないのかい？　妊婦が塩っ辛いものを食べたがったら男の子、甘いものなら女の子と言うじゃないか」

巷《ちまた》ではたしかにそう言われている。お志乃は甘い南京や無花果には手をつけず、こってりと醤油をつけた寿司ばかり食べていた。

妊娠中は食の好みが変わるというが、以前なら考えられなかったことである。

「あれ、ほんまや」と、お志乃は不思議そうに目を丸くした。お勝に指摘されるまで気づかなかったようだ。

「でもそれ、他にもありまへん？　うちが知ってるのは、お腹が前に突き出たら男の子、横やと女の子ゆうやつどすけど」

どういう根拠があるのか、男女の産み分けにまつわる言い伝えは多い。妊婦の顔つきがきつくなると男の子、優しくなると女の子、というのもそれだ。

お妙はにこやかにもう一つの例を出す。

「真後ろからわっと叫んで、左を向いたら男の子、右を向いたら女の子、というのもありますよね」

「えっ！」

お志乃は知らなかったらしい。ぎょっとしてお妙を見返してきた。

「なんだか似ていますね。お志乃さんが転んでしまったときのことと」

「え、あれ？　それじゃあお義母様《かかさま》は――」

大いに混乱している。悪意には悪意を以《もっ》て返そうと、こうして離れに引き籠ったというのに、それが勘違いだったかもしれないのだ。

「あれぇ大奥様。どうしやはったんです、お待ちください」

遠くからおつなの叫ぶ声が聞こえてきた。ひどく慌てた様子である。気配が近づいてくると思っていたら、カラリと玄関の引き戸が開いた。

みしりみしりと、縁側を踏む音が近づいてくる。

お志乃がはっと身構えたところで、年輩の女が姿を見せた。

裏裾模様《うらすそもよう》の着物を引きずり、鬢《びん》には白いものが交じっている。早足で来たのか息が切れており、それがまだ整わぬうちに声を発した。

「いけませんお志乃さん、この鮪は！」

四

升川屋の大奥様は、すらりとした鼻筋が息子と実によく似ていた。若いころはさぞ美しかったろうと思わせる上品な顔立ちに、底意地の悪さは見受けられない。寿司の入ったお重を前に、しょんぼりと肩を縮めている。

「そうですか。この鮪、腐っているわけではなかったのですね」

つまりこういうことである。お妙はおつなに言って小振りのお重に寿司を分け、「お志乃の客人からのお裾分け」として届けてもらった。

大奥様はなにも知らずにそれを開け、見たこともない鮪の色味に驚いたのだろう。もしやこれは、腐っているのではあるまいか。そんなものを身重の嫁に食わせるなどけしからぬ。お志乃が食う前に阻止せねばと、なりふり構わず駆けつけた。

そう、嫁と孫を救うために。

「あら、美味しいこと。角の取れたいいお味」

勧められるままに味見をして、大奥様は箸を置く。そしてお妙に向き直り、「すみませんね」と詫《わ》びてきた。

「あなたの作ったものを、疑ったりして」

「いいえ。謝っていただくほどのことでは」

お妙もまた頭を下げる。その思い違いを狙って寿司を届けさせたのだから、こちらこそ申し訳ないと言いたいくらいだ。

「ほなお義母様。うちを、心配して来てくりゃはったんですか」

お志乃は信じられぬという面持ちで、傍らに座る義母を見ている。ずっと疎《うと》まれていると思ってきたのだから、無理もない。

「当たり前でしょう。あなたにもしものことがあったらと思うと、肝《きも》が冷えましたよ」

「それやったら、こないだの庭でのあれは——」

本当に、なんの悪意もなかったのかと問いたいのだろう。

お志乃がみなまで言う前に、大奥様が畳にさっと手をついた。

「ごめんなさい。許してくれとは申しません」

だってそれだけのことをしてしまったのですからと、呟《つぶや》く声が震えている。

お妙が察したとおりであった。大奥様は知人から腹中の男女の見分けかたを聞き、試してみたくなったという。

それも初孫を心待ちにしていればこそ。悪戯心《いたずらごころ》でも、ましてや嫌がらせのつもりでもまったくなかった。だからお志乃が転んだときは、すっかり気が動転してしまったのだ。

お志乃と腹の子に万一のことがあったらどうしよう。どうかなにごともありませんようにと必死にお題目を唱え、どちらも無事と知れたときは、どれほど安堵《あんど》したことか。

だがお志乃は「顔も見とうない」と怒っているし、息子からも「なんでそんなことをしたんだ」と責められる。男女の見分けを試してみたかっただけ、などと言おうものなら、「そんなくだらないことで！」とますます激昂《げっこう》されそうだ。

「ゆえに今まで申し開きもせずきてしまいました。本当に、なんとお詫びをすればいいか」

「そんな、お義母さん」

お志乃はひれ伏す義母に狼狽《うろた》えている。

軽率《けいそつ》だったことは否《いな》めないが、充分に反省しているようだし、なにより母子共に健やかだ。わざとでないなら、これ以上責めても仕方がない。

「もうええんどす。うちこそ、大袈裟《おおげさ》に驚いてしもうてすんまへん」

顔を上げさせようと、その肩に手をかける。

「お義母さんの心中も知らず、臍《へそ》を曲げてしもうて、可愛げのない嫁でした」

「いいえ、私はあなたをひと目見たときから、なんて可愛らしい人がうちに来てくれたのだろうかと、嬉しくてたまらなかったのですよ」

大奥様ははらはらと涙を流し、お志乃の手を取り訴えた。

とにかく愛らしいものが好きで、お志乃のことははじめから気に入っていたという。だが江戸の水が合わずお志乃はどんどん痩《や》せてゆくし、このままでは「実家に帰る」と言いだしかねない。

それでは困ると、大奥様は焦った。早く慣れてもらいたい一心で生活を江戸風に改めるよう求め、里心がつかぬよう手紙まで制限した。

すべてはよかれと思ってやったこと。それなのにお志乃には、かえって嫌われてしまったのだ。

「起請文のときも、私に頼ってくれたのが嬉しかったのです。ですから商家の奥らしき威厳を見せねばと、変に張り切ってしまいました」

お妙が差し出した懐紙で鼻をかみ、大奥様はめそめそと泣き続ける。

なんだか思っていたよりも、ふわふわとした人である。歳《とし》を重ねて表向きは大奥様然と振舞っているが、芯《しん》のところはいまだに小娘のようだ。その思慮の浅さから、やることがすべて裏目に出てしまったのだろう。

「つまり、言葉が足りなすぎるんだね」と、お勝がいつもの調子で断を下す。

「あんたは人を使う立場だから、命令ばかりで自分がどう思ってるかってことは伝えてこなかったんだろう。女中にゃそれでいいかもしれないが、嫁にもその調子だとないがしろにされたような気になっちまうんじゃないかい？」

大奥様はおそらくお勝と同年輩。見知らぬ女の差し出口に驚いて、目をぱちくりさせている。

「あの、失礼ですがあなたは？」

「なぁに、しけた居酒屋のしがない給仕さ」

お勝はそう言ってにやりと笑った。まったく、食えぬ女である。

帰りは駕籠を断り、歩いてゆくことにした。

思ったより長居してしまったが、少し急げば夕七つ（午後四時）までには店を開けられることだろう。料理はあらかた作ってあるし、夕餉《ゆうげ》の客には間に合いそうだ。

風はやや冷たいが、歩いているうちにぽかぽかと温かくなってくる。新酒番船《しんしゅばんせん》の時期が近いせいか、どこかしら慌ただしい新川沿いを離れ、ひとまず日本橋を指してゆく。

せかせかと歩を進めるお勝に肩を並べ、お妙はうふふと囀《さえず》るように笑った。

「なんだい、気色の悪い」

「あら、ひどい」

あまりの言われように片頬をぷっと膨らませ、拗《す》ねた素振りをして見せる。

「およし、もう若くもないんだから」

「お勝ねえさんは、自分の思うところに正直すぎると思うわ」

軽くなった重箱の包みを抱え直し、お妙はやれやれと微笑んだ。

だからこそ、お勝の言葉は安心できる。裏に含むものがないから、言われた通りに受け止めればよい。

はじめて会った十《とお》のときは、なんて口の悪いおばさんだろうと呆れたものだが、すぐその優しさに気がついた。

ふた親を亡くして以来最も長く傍《そば》にいた女がこのお勝だったのは、お妙にとって、とても幸運なことだった。

「だけどよかった、お志乃さん。一時はどうなることかと思ったけれど、お姑さんと仲良くできそうで」

嫁いびりをされていたわけではないと分かり、お志乃と大奥様の和解は成った。お志乃は今後家のしきたりを覚えてゆくことを誓い、泣き止まぬ姑をなだめていた。

「きりりとしたお人やと思うてたのに、まさかこんな」

思わず洩らした本音に大奥様は、「ごめんなさいねぇ、こんな姑で」と涙を絞る。本性を出さずにこの一年、よくぞ騙《だま》しおおせてきたものだ。

部屋の隅に控えていたおつなも、大奥様の変わりように呆然《ぼうぜん》とするばかりで、主人たちの和解を喜ぶ余裕はなさそうだった。

「アタシは案外、いい組み合わせだと思うね。お志乃さんは芯が強いから、すぐにお姑さんよりもしっかりするさ」

そうだろうとお妙も頷く。お志乃の幼さが抜けてゆくのは寂《さび》しいような気もするが、成長とはそういうものだ。

「来年には、子が生まれるんですものね」

産み月はおそらく一月。正月行事がひと通り済み、新しい年にも慣れたころに、大きな喜びがやってくる。

「本当に男の子だと思う?」

「さぁね。お武家様じゃあるまいし、元気に生まれてくりゃどっちでもいいさ」

なにがなんでも男児を、と望まれる武家とは違い、庶民は気楽なものである。商家ならなおさら、ぼんくら息子に継がせるよりは、有能な婿を迎えたほうが安泰だ。

「そうね。楽しみだわ」

月が満ちるのを待っている、まっさらな命に思いを馳《は》せる。

まるで犬の子のように産み落とされる子らもいる中で、升川屋の長子として生まれてくるのだから運の強い子だ。紅葉のようなその小さな手は、きっと多くのものを掴《つか》み取ることだろう。

「でもね、今回のことはやっぱり、升川屋が始末をつけるべきだったと思うんだよ」

すっかり押しつけられちまったよねぇ。と言って、お勝は苦い顔をする。

あの色男ときたら、人に頼るのが上手《うま》すぎる。ことお志乃に関しては、自力で解決したためしがないのではないか。

「だから今年も謝礼として、上物の新酒をせしめなきゃいけないねぇ」

「あら、ねえさんたら」

転んでもただでは起きぬお勝である。

升川屋もまた、催促《さいそく》せずとも酒を届けてくるだろう。そのあたりをわきまえているからこそ、旦那衆《だんな》の間でも人望がある。

日本橋に近づくにつれ、人気《ひとけ》が多くなってきた。笑ってる子泣いてる子、母親に負ぶわれて今日はやけに子供が目につく。その身に背負う運命は様々だろう。それでもどうかこの子らが、つつがなく明日を迎えられますように。

唐辛子《とうがらし》売りの物悲しい売り声が遠ざかってゆくのを聞きながら、お妙は胸の中でそっと祈った。

五

さぁ店を開けようと、前掛けをきりりと腰で結ぶ。

作っておいたお菜を大皿に盛り、魚料理は寿司に使ったものを活用することにする。小鰭は薄く衣をつけて揚げ、漬けた鮪は叩いた山芋と和えてみよう。甘鯛の幽庵焼きと、炙り締め鯖はそのまま出せる。いつもより少し豪勢な献立だ。

「お妙ちゃん、お志乃さんの様子はどうだった？」

まだ準備も整わぬうちから、ずかずかと上がり込んで来たのは裏店《うらだな》に住むおえんである。どうやらお妙たちが帰るのを待ち構えていたようだ。

「転んだって言ってたけど、それはもう平気なんだよね？」

「気になるんなら、あんたも行きゃよかったじゃないか」

仕度を手伝いもせず床几《しょうぎ》に腰掛けていたお勝が、煙草《たばこ》の煙をぷかりと吐いた。

「うん。でもほらアタシはひとこと多いからさ、ついつい言っちまいそうなんだよねぇ」

「なにをだい」

「好いた男との間に子ができたってだけで御《おん》の字《じ》じゃないか。つべこべ言わず覚悟決めなよ、ってね」

なかなか子を授からぬと悩んでいるおえんのこと。どうしたってお志乃をやっかみの目で見てしまうし、その愚かさも分かっている。目の前で愚痴を言われると本音がこぼれ落ちてしまいそうだから、今回の訪問は自重したのだという。

「やんなるね、まったく。心が狭くってさ」

「べつにいいんじゃないかい、人間なんざ綺麗ごとじゃないんだ。やっかみだと分かってるだけでも上等さ」

問題はいつだって他者ではなく、己の内側にある。お志乃とて江戸に馴染めぬ自責の念があればこそ、姑の言葉がいっそうきつく響いてしまったのだろう。

普通はそれに気づかずに、他者ばかりを悪者にしてしまうのだ。

「そういうもんかねぇ」

「そういうもんさ」

お妙は料理の手を止めず、二人が話すのを聞いていた。「おえんさんにも、きっとすぐ子ができますよ」と、安易な慰めは言いたくない。これぱっかりは神仏の領分だ。だからただ、見てきたものだけを伝えることにした。

「お元気でしたよ、お志乃さん」

「そうかい、それはよかった」

おえんが豊かな頰をほっと緩《ゆる》める。お志乃をやっかむ気持ちはあっても、不幸になってほしいとは思わない。複雑な女心である。

忙《せわ》しなく立ち働くお妙を尻目《しりめ》に、お志乃と姑の和解劇を、お勝が語って聞かせている。「案外頼りないお姑さんだね」とおえんは驚き、「まぁ、めでたしめでたしで、なによりだ」と笑い合う。

めでたし、めでたし。読本《よみほん》なら話はそれでお仕舞い。けれども日々は、その後もまだ続いてゆく。

そろそろ店を開けようと、『酒肴《さけさかな》　ぜんや』と書かれた看板障子を表に出す。ちょうど夕七つの捨鐘《すてがね》が鳴りだしたところで、どうにか目指していた刻限に間に合った。中に戻るとお勝とおえんが、まだ姑談義を続けている。おえんの姑は両国に住んでおり、子を早くとせっついてくるようだ。そのせいで、よけいに焦りもするのだろう。今さら話に加わるのもどうかと思い、お妙は銅壺《どうこ》の湯加減を確かめる。指をちょっと浸して少し熱いと感じる程度。これならいつ客が来ても大丈夫だ。

とそこへ、ひどく慌てた様子の只次郎が駆け込んできた。

どこから走って来たかは知らぬが、袴《はかま》の股立《ももだ》ちを取り、肩を上下させている。約七日ぶりの来店だ。次に来たときは「近ごろお見限りで」と厭味《いやみ》のひとつも言ってやろうかと思っていたのに、すっかり忘れてお妙は「どうなさったんですか」と駆け寄った。

只次郎は戸口で腰を半分に折り、ぜえぜえと荒い息を吐いている。なにか伝えようとしているが、うまく言葉が出ないようだ。

「ひとまず麦湯でも」

沸かしておいたのを注《つ》いでやる。お勝とおえんも、なにごとかと戸口に集まってきた。

只次郎は酒でも呷《あお》るように麦湯をキュッと飲み干し、腹の底から息を吐く。正気を取り戻すやいなや、お妙の手首をさっと摑んだ。

「お妙さん、ちょっと、一緒に来てください」

そのまま駆けだそうとする。

だがようやく開けたばかりの店を、放りだして行くわけにはいかない。

「そんな、どうなさったんですか」と、必死に足を突っ張った。

「お妙さんに、見定めていただきたいんですよ」

取り乱しているようで、いまひとつ要領を得ない。

「落ち着きな。それに、あんまり気安く触るんじゃないよ」

「ああ、お勝さん――」

お妙を摑んでいた手を手刀で叩き落とされて、只次郎は夢から覚めたように目を瞬《しばた》いた。

「すみません、あまりに気が急《せ》いてしまって」

「あんたが未熟者なのは、今にはじまったことじゃないけどね」

なにがあったかは知らないが、憎まれ口で気を軽くしてやろうという気遣いがお勝らしい。只次郎も「なんでそんなことを言うんですか」と、落ち着きを取り戻してきたようだ。

「それで、なにを見定めるって？」

好奇の目を隠しきれず、おえんが嘴《くちばし》を挟んできた。

只次郎は表情を改めて、真剣な眼差《まなざ》しを向けてくる。

「駄染め屋が捕まったんですよ。小石川の番小屋に留め置かれているので、お妙さんに顔を見ていただきたくて」

「えっ。駄染め屋って、あの？」おえんが声を裏返す。

「ええ、お妙さんに狼藉《ろうぜき》を働いた、あの駄染め屋です」

月のないあの夜に、無理矢理口を塞《ふさ》がれ嗅《か》いだ藍《あい》の匂《にお》いが、鼻先に蘇《よみがえ》った。只次郎は本当に、あの男を追っていたのだ。

喜んでいいのか、怒っていいのか、呆れていいのか。あまりのことに気が抜けて、お妙はその場にへなへなと尻をついた。

蒸し蕎麦

一

真冬といえど、小鳥に水浴びは欠かせない。

朝の寒さがぬるみゆく昼四つ（午前十時）ごろ、水浴用の籠《かご》に移し、あらかじめ汲《く》んで日溜《ひだ》まりで温めておいた水を如雨露《じょうろ》でサッとかけてやる。ぷるぷると振るう羽から水しぶきが飛び散って、小さな虹《にじ》ができている。

しばらくすると今年もまた、鳴きを早めるための「あぶり」の時期に入り、忙《せわ》しなくなるだろう。だが今は愛鳥ルリオと今年の雛《ひな》であるメノウ、それから佐々木様の言いつけで育てている二羽が手元にいるのみである。

霜月《しもつき》七日。佐々木様の鶯《うぐいす》たちは、声が細いながらも「ホーホケキョ」と鳴きはじめている。

山育ちの雛ならば、本鳴きに入るのはだいたい二月になってから。だが人に飼われている雛は、冬でも餌《えさ》が豊富に与えられているせいか、十一月にはもう鳴きだす。秋鳴きの後しばし鳴きが止まる期間があるが、よくぞ文句を覚えていたもの。雛の体力が充実し、「鳴きたい」という欲求が先走ってしまうと、覚えたはずの鳴きかたを壊してしまうことがある。この二羽は声こそまだ若いものの筋がよく、ルリオが教えたとおりの調子で鳴いた。

好事家《こうずか》の間では、近ごろこれが「ルリオ調」などと呼ばれて持て囃《はや》されているようだ。律中呂《りちゅうろ》の音の幅が揃《そろ》った、なんとも心地のいい声である。聴く者が聴けば、違いは明白なのである。

その一方で、ルリオの後継のつもりで育ててきたメノウは、やっぱり雌《めす》だったらしい。鳴きもせず、成長と共にいっそうずんぐりとした体になってきた。

期待はずれもいいところだが、今さら野に放してもとうてい生きてはゆけぬだろう。そんなわけで本意ではないものの、こうして面倒を見ているのだ。

まだ鳴くには早いルリオは、佐々木様の鶯たちに引っ張られぬよう、少し離して置いてある。せめてメノウとつがいになってくれればいいのだが。

野鳥というのは難しく、人に飼われたものは繁殖しないと聞いている。

只次郎は縁側の障子を開けたまま、冷えた手を火鉢で炙《あぶ》る。鶯たちは心なしかさっぱりとした顔で、羽ばたきなどして羽を乾かしている。

「叔父上《おじうえ》、できました！」

部屋の隅《すみ》で文机《ふづくえ》に向かっていた姪《めい》のお栄《えい》が、元気いっぱいに顔を上げた。手元に置いた紙にはびっしりと、たどたどしい男文字が躍っている。

「早いね」と覗《のぞ》き込む。漢数字や海、山、川といった簡単なものからはじめ、今では銭、銅、俵《たわら》、扶持《ふち》といった文字まで書けるようになってきた。

なんとなく金回りの字が多いのは、お栄が「百俵十人扶持とはどう書くのです」と尋《たず》ねてくるからだ。貧乏旗本の子女らしい逞《たくま》しさである。

この子も年が明ければ七つ。漢字の手習いによく使われる『千字文《せんじもん》』を与えても、すぐに覚えてしまいそうだ。とにかく飲み込みが早く、放《ほう》っておいても紙が真っ黒になるまで練習している。手習いの師匠だとしても、これほど熱心な子供にはなかなかお目にかかれぬだろう。

「ああ、よくできているね。けれども『俵』の横の線が一本多いかな」

「それは気づきませんでした！」

お栄ははっと目を丸くし、わずかな余白に正しい文字を書きつけてゆく。「『表』と同じ文字なのですね」と、庭先で蝶《ちょう》のさなぎでも見つけたように目を輝かせている。

「障子が開けっ放しですまないね、寒いだろう。鶯を片づけるまで待っておくれ」

「いいえ、むしろ頭が冷えてよい心地にござりまする！」

手がかじかむのも忘れて没頭《ぼっとう》している。落ち着いたら茶でも淹《い》れてやろうと、只次郎は鉄瓶《てつびん》を火鉢にかけた。

来客があったようで、先ほどから母屋《おもや》が騒がしい。今日は父が非番で家にいる。それを狙《ねら》って誰かが碁《ご》でも打ちに来たのだろう。

そう思ってさほど気にせず構えていたら、勝手口から兄の重正が出てくるのが見えた。

中庭を突っ切って、この離れに向かってくる。

只次郎は慌《あわ》てて「お栄！」と振り返った。兄は女に学問はいらぬと思っている口だ。男文字を教えていたとばれようものなら、二度と離れに来させてはもらえないだろう。

だがお栄に手元を片づけさせる暇はない。兄はすでに「邪魔するぞ」と縁側から上がり込もうとしている。

「栄、ここにいたか。なにを書いておる」

お栄に動じる素振りはまるでなかった。平然と背筋を伸ばし、受け答えする。

「夜の黒牛にござります！」

見れば紙はすでに真っ黒。男文字の形跡など、探そうとしても見つからない。幼い姪の肝《きも》の据わりように、只次郎は込み上げてくる笑いを噛《か》み殺す。

「あまり紙を無駄にするな」とだけ言って、兄は只次郎に向き直った。

「もうすぐ湯が沸きますから、そこへ」

にこりと笑って上座を勧めるも、「それどころではない」と睨《にら》まれる。

そうだろう、兄が離れに来るなどついぞないことだ。用があれば只次郎のほうを母屋に呼びつける。それこそが兄の威厳だと思っているふしがある。

「佐々木様の使いの者が来ている」

「ああ、鶯を届けよとの仰《おお》せですか」

そろそろだとは思っていた。改まった格好をして出かけてゆくのは億劫《おっくう》だが、只次郎も佐々木様には会っておきたい。「参りましょう」と腰を浮かしかける。

「いいや、引き取りに来られたのだ」

「えっ」

立ったままの兄を見上げる。これまでは鶯が仕上がると、只次郎が手ずから届けてきた。佐々木様もまた、己の都合で人を呼びつけるのが好きなお方のはずなのだが。

「これか。持ってゆくぞ」

「あっ、それは違います。お待ちください！」

こちらに背を向けて、兄が縁側の籠を取る。それがルリオだったものだから、只次郎は泡を食って立ち上がった。

二

「なるほど。その佐々木様とやら、ずいぶん焦っているようですね」

大伝馬町菱屋のご隠居が、顎《あご》の肉に埋《う》もれるようにして頷《うなず》いた。

膝先《ひざさき》では小鍋《こなべ》立てにして供された、ねぎまがいい具合に煮えている。神田花房町、おなじみ居酒屋『ぜんや』の小上がりである。

「でしょうね。駄染め屋が捕まったこと、洩《も》れ聞こえたのかもしれません」

床几《しょうぎ》で飲んでいる一見《いちげん》の客に聞こえぬよう、只次郎は声をぐっと抑《おさ》える。調理場で働くお妙の代わりに、お勝がしれっと聞き耳を立てていた。

駄染め屋が捕まったのは、先月二十二日の夕刻のこと。小石川の賭場《とば》に潜り込み、高山家の雇われ侍が怪しいとふんでからは、只次郎は高山様の御番日《ごばんび》を狙っていた。

高山家の入り婿《むこ》になるはずの、旧友山崎にはすっかり嫌われてしまい、手を貸してはもらえない。だが雇われ侍なら、主人の供揃《ともぞろ》えにはつき従ってゆくはずだ。その折に、顔を拝めないかと思ったのである。

小十人組頭《こじゆうにんぐみ》の高山様は騎馬にて登城する。人混みに紛れてそっと窺《うかが》ってみると、槍《やり》持ちや挟《はさ》み箱持ちに紛れて、たしかに見知った顔があった。月代《さかやき》と髷《まげ》の形は変わっているが、その男はまぎれもなく駄染め屋だった。

しかし大きな誤算があった。駄染め屋のほうでも、只次郎の顔を覚えていたのである。

ただならぬ視線に気づいたのだろう、駄染め屋はふいにこちらを振り向いた。頭を引っ込める暇はなく、真正面から目が合ってしまう。そのとたん、駄染め屋の顔がぎょっと青ざめるのが分かった。

しまった！　そう思っても、粛々《しゆくしゆく》と進んでゆく高山家の主従を引き止めるわけにはいかない。あとは柳井殿に報告し、町奉行から高山様に、駄染め屋の引き渡しを依頼してもらうことにした。

だが、そんなに悠長にしていてはいけなかったのだ。柳井殿に手下を寄越してもらい、その場で取り押さえるべきだった。駄染め屋はなんと主人が役目を終えて帰るまでに、行方《ゆくえ》をくらませてしまったのである。

とはいえ隠れるところなどしれている。以前匿《かくま》ってもらった佐々木様とは、仕官の件で遺恨があるはず。だとしたらあとはもう、同じ穴の貉《むじな》。黒狗組の誰かに頼るよりほか道はない。

そこで只次郎は小石川の賭場の胴元、大山に頼んで炙り出してもらうことにした。近々大きな儲《もう》け話があるから、ぜひとも駄染め屋、もとい弥の字の手を借りたい。手伝ってくれるなら、賭場での借金は帳消しにしてやるつもりだ。そんな噂《うわさ》を流させた。

取るものも取り敢《あ》えず逃げた駄染め屋は、金に困っていたはずだ。これほど上手《うま》い話があるはずないが、ひとまず金を手にして江戸を出たかったのかもしれない。ついに二十二日の夕刻に、小石川の賭場にひょっこり姿を現した。

その報《しら》せはすぐさま只次郎にもたらされ、柳井殿が手配した同心や岡っ引きと共に、屋敷から出てきた駄染め屋を取り押さえたというわけである。

「佐々木様はおそらく、高山家から出奔《しゅっぽん》してしまった駄染め屋の行方を探らせていたんだと思います。野放しにしておきたくはないはずですからね」

「それが小伝馬町に繋《つな》がれていると知って、いずれ己の身にも追及の手が伸びるだろうと悟った。そんなところでしょうな」

酒を酌み交わしながら、只次郎とご隠居はううむと唸《うな》る。

駄染め屋が佐々木様の名を出せば、評定所から呼び出しがかかるだろう。そこで手心を加えてもらえるよう、鶯を賄賂《わいろ》に使おうとしたのではないか。

なにせ声のいい鶯は、金を積んだところでおいそれと手に入るものではない。しかも近ごろ巷《ちまた》で噂のルリオ調の鶯だ。黄金の饅頭《まんじゅう》を握らせるよりも、喜ぶ者はいるだろう。

引き取られていった鶯たちは、はたして誰に献上されたのか。

「でもね、まだ喋《しゃべ》らないらしいんですよ、駄染め屋は」

なにに義理立てしてるのかは知りませんが。只次郎はそうぼやき、ぐつぐつと音を立てている鮪《まぐろ》に箸《はし》をつける。

表面をさっと炙ってある鮪は内側に脂が閉じ込められており、歯を立てたとたんじゅわっとにじみ出て舌を焼いた。これは熱いやら、旨《うま》いやら。

「あちち」と只次郎は、口の中の火事に酒を注ぎ込んだ。

吟味方与力《ぎんみかたよりき》の柳井殿によれば、駄染め屋はいまだに佐々木様との関《かか》わりを認めようとはしないらしい。

捕まってすぐに留め置かれた小石川の番小屋で、お妙が面通しをしたときは、「たしかにこの人です」と言われて観念したかのように見えた。だがその後の取り調べでは、『ぜんや』の内所に押し込んだことは認めるものの、それ以外のことには首を縦に振ろうとしない。

なぜあの裏店《うらだな》で駄染め屋なんぞをやっていたのかと問われても、「浪人が長屋に住むのも、内職するのも世の常じゃねぇか」ととぼけて見せる。押し込みを働いたのも、「前からいい女だと目をつけてたんだ」と舌舐《したな》めずりをするしまつ。

そこで林家の下男亀吉を呼び出して会わせてみると、「ええ、佐々木様の御屋敷の門番詰所にいた男です」と頷いた。高山家の中間《ちゅうげん》も、「うちで雇われてた男です」と認め、上役である佐々木様からの紹介だったと言っている。

それでもまだ駄染め屋は、「なんのことだか分からねぇ。人違いだ」と白《しら》を切り通している。

「佐々木様には恨みもあろうし、あっさり口を割ると思ったんだけどなぁ」と、柳井殿は弱ったように頰《ほお》を掻《か》いていた。

「そういや駄染め屋は、いつからこの裏店に住んでたんです？」

ねぎまをほふほふと食いながら、ご隠居が首を傾《かし》げる。盃が空になっているのに気づき、注《つ》いでやりながら只次郎は答えた。

「一昨年の師走《しわす》から、だそうですよ」

「そんじゃ、お妙さんのご亭主が亡くなって間もなくだね」

お妙の亭主が目の前の神田川で溺《おぼ》れて死んだのが、二年前の十一月。そろそろ命日のはずである。

「なにか関わりがあるとでも？」

「いいえ。ですが美しい若後家というのは、やけにそそるものですからねぇ」

駄染め屋も、ほだされたとて不思議はない。現に只次郎はあの男がお妙を口説くところを見ている。だがお勝に追い出され、只次郎やご隠居ら常連が目を光らせるようになってからは、店への出入りがしづらくなった。

若い男のこと、それで思いが募って押し込みという、手荒なまねをしてしまったのではないか。ご隠居はそう考えているようだ。

「案外佐々木様は、駄染め屋をお妙さんと添わせてやるために――」

「いいえ、そんなことをする由縁《ゆえん》があるとは思えません」

みなまで聞かず、只次郎は口を挟んだ。

ご隠居も承知のようで、「ですよねぇ」と苦笑いを浮かべている。

駄染め屋が捕まった後、お勝やお妙に詰め寄られ、洗いざらい吐かされていた。

父の上役である小十人頭の佐々木様に、駄染め屋が匿われていたらしいこと、佐々木様もまた鶯を飼っており、糞買《ふんが》いの又三の客だったこと、妾《めかけ》にという口実でお妙を探らせていたのは佐々木様かもしれず、又三の死についてなにかしら知っているかもしれないこと——。

だがどう考えても、佐々木様と駄染め屋の繋がりが見えない。柳井殿の調べによると、駄染め屋が祖父の代からの浪人だという話はまことのようだ。下総《しもうさ》から流れて来たらしく、佐々木様とは代々縁もゆかりもない。

ましてや想《おも》い人と添わせてやろうと目論《もくろ》むなど、あの蛇に似た男のすることとは思えなかった。それより仕官をちらつかせ、駄染め屋を都合よく使っていたと見るのが妥当である。

駄染め屋が喋ってくれさえすれば、霧も綺麗《きれい》に晴れるであろうに。ここしばらくは、気づけばそんなことばかり考えている。

「お待たせいたしました」

お妙が料理を運んできたので、その話はいったん仕舞いとなった。べつに隠すほどではないのだが、細かな取り調べの様子などは、あまり耳に入れたくはない。話を聞いても気を揉《も》むだけだ。お妙には、鷹揚《おうよう》に構えていてほしかった。

「いやぁ、今年もまたお妙さんの蕎麦《そば》がきが食えるとは、寿命が延びるようですねえ」

蕎麦がきは先月も一度食べており、今年初というわけでもないのに、ご隠居は大袈《おおげ》裟《さ》に喜んで見せる。

この軽やかでありながらもっちりとした食感は、他ではなかなか味わえない。家でもこれを再現したいと、下女に頼んで作らせてみたものの、まるで土くれを食べているようで旨くはなかった。

「うまぁ。やっぱりお妙さんの蕎麦がきは絶品ですね」

「捏《こ》ねるときに、上手く空気を含ませているのかもしれませんね。どうです、お妙さん」

思えばご隠居がはじめてこの店に来たときも、蕎麦がきを食べていた。あれからもう一年以上が経《た》ったのかと、感慨深いものがある。

我々も、ずいぶん親しくなってきたものだ。と思ったとたんお妙からは、他人行儀な答えが返ってきた。

「さぁ。ともあれごゆっくりなさってくださいね」

初回でももっと話してくれたはずなのに、にっこりと笑って調理場へと引き返してゆく。お妙には聞かせるまいと、話題を逸《そ》らしたのが分かったのだろうか。このところ、似たような扱いを受けることが度々《たびたび》ある。

「あれま、拗《す》ねちまって」

小上がりと床几の間にぬぼっと立っていたお勝が、こちらを見もせず呟《つぶや》いた。

「駄染め屋が捕まってから、なにかってぇとあれだ。仲間外れにされたのが気に食わないんだろうねぇ」

お妙は只次郎が駄染め屋を捕まえようと動いていることには気づいていたが、その背後に控えているものまで読めてはいなかった。「どうして言ってくださらなかったんですか！」と、番小屋からの帰り道にさんざん詰《なじ》られたものである。

やはり柳井殿が言っていたように、なにもかも話しておいたほうがよかったのだろうか。

「ああ見えて勝気だからね。子供と同じ、『なんでも自分でやりたい』なのさ」

お栄の弟である甥《おい》の乙松《おとまつ》も、母親の真似《まね》をして「やりたい」と申し出ては、失敗をして怒られている。ぴいぴいとすぐ泣く甥とお妙が重ならず、只次郎はふっと笑みを洩らした。

「あの子は養い親と片づいちまったからね。いまだにどこか、幼いところがあるんだ。勘弁《かんべん》しとくれよ」

ぼそぼそとした口調ではあるが、珍しくお勝が詫《わ》びを入れてきた。

なんだかんだ言ってこの人も、ふた親を亡くしたお妙の母親代わりをしてきたのである。死んだ弟の代わりに自分が支えてやらなきゃと、気負うところがなくもない。与《あずか》り知らぬところで厄介事に巻き込まれようとしていた、義理の妹を秘《ひそ》かに案じているのだろう。

「なにか、楽しいことがしたいですねぇ」

ご隠居がそう言って、盃の酒をちょろりと舐めた。

「春の花見のときみたいに、皆さんで集まって。ね、どうです？」

やきもきしていたって、はじまらない。駄染め屋のことはもはや、柳井殿らご番所の役人に任せるしかないのだから。それよりも景気づけに、ぱあっと騒ごうではないかと言う。

なんともご隠居らしい、粋人《すいじん》の思いつきである。

「いいけど、外は寒いよ」

雪見という手もあるが、今年はまだ江戸に雪は降っていない。それにお勝ほどの大《おお》年増《どしま》ともなれば、シモが冷えて困ることもあるだろう。

そんなことを考えていると、「なんだい？」と金壺眼《かなつぼまなこ》で睨まれた。お勝には、心の声を聞く力があるのではないかと思う。

「そうですねぇ、どうしましょうかねぇ」

ご隠居はぐるりと首を巡らせて、食べかけの蕎麦がきに目を落とした。

「えっ、蒸し蕎麦？」

食べ終わった器を下げにきて、話を聞かされたお妙が目を丸くする。

「そうそう、今は切り蕎麦といや茹でるもんですが、昔は蒸したというじゃありませんか。どういうものか、食ってみたいと思いましてね」

締めの飯を頼んでから、ご隠居はいかにもいい思いつきのように説き明かす。その顔は幼子《おさなご》のように輝いており、お妙たちを元気づけるのはもとより、自分がたまらなく食べたくなってしまったようだ。

「ご隠居でも食ったことがないんですか？」と只次郎。

「さすがにそこまで長く生きちゃいませんよ。さっと茹でて置いといたのに、湯をかけて蒸し直すというのはありましたがね。一から蒸したってのはないです」

「じゃあお勝さんは？」

「おや、殴られたいのかい？」

やはりぎょろりと睨まれた。只次郎は亀《かめ》のように「ひえっ」と首を引っ込める。心に余裕ができたからか、こういうやり取りも久しぶりだ。賭場に出入りしていたころは、知らぬうちに気が張っていたのだろう。

「そうですねぇ、文献に残っていればいいのですが」

未知の料理に心ひかれ、お妙も真剣な眼差《まなざ》しになっている。

蒸し蕎麦がいつごろ、なぜ廃《すた》れたかというのは、はっきりとは分からない。なんとなく、「そういや聞いたことはあるが食べたことはないな」と思う料理だ。もり蕎麦がせいろに盛られているのはその名残《なごり》だというが、はたしてそれも本当なのか。

「蒸すともちもちっとした歯応《はごた》えになるんでしょうか。お妙さんの蕎麦がきみたいに」

想像してみると旨そうだ。すでに腹はいっぱいなのに、口の中に唾《つば》が湧《わ》いてくる。なにせ食べた者がいないので、期待ばかりが膨らんでしまう。

「そこでね、有志を集めてみんなで打って、蒸してみちゃどうかと思うんですが」

「ああ、そりゃいいですね。あと五日もすりゃ、新酒番船《しんしゅばんせん》が着くはずですし」

ご隠居の思惑を読み取って、只次郎は手を打ち鳴らした。

新酒が江戸に着けば、きっと升川屋が『ぜんや』に届けてくれるだろう。それだけの恩がお妙とお勝にはある。

そのとびきり旨い酒でお妙の作る肴《さかな》を楽しんでから、蒸し蕎麦で締めようという趣向なのだ。そういうことならお馴《な》染《じ》みの旦那《だんな》衆も、喜んで集まってきそうだった。

江戸市中ではこのところ、蕎麦屋が雨後の筍《たけのこ》のように増えている。江戸煩《わずら》いとも呼ばれる脚気《かっけ》が、庶民の間にもじわじわ広がっていることと関わりがないわけではないだろう。真偽のほどは知らないが、脚気には蕎麦、麦飯、小豆《あずき》がいいと言われている。

手軽に啜《すす》り込める蕎麦は、せっかちな江戸っ子の気質とも合っている。そのうち食べかたの流儀のようなものまで出てきて、ひと息で啜り込むのが粋だの、もたもた食べるのは不粋だの、江戸っ子の「張り」を見せる食べものになってきた。

粋を好む旦那衆も、蕎麦にはこだわりがあるだろう。これは面白い会になりそうである。

「蕎麦粉や道具はこちらで手配しますんで、どうでしょう。昼間はいつも通り店をやっていただいて、夕方から集まるというのは」

近ごろ『ぜんや』の昼は混むので、只次郎たちは夕刻を狙って来るようにしている。

お妙は頬に手を当てて考える素振りを見せていたが、それなら店を貸し切りにしても平気と判断したのだろう。

「ええ、いいですよ」と、笑顔を見せて頷いた。

三

蒸し蕎麦の会は、新酒番船の騒動が落ち着くであろう十日後と定められた。

それまでに只次郎は両親や鶯飼いの客で年輩の者にあれこれと尋《たず》ねてみたが、誰も蒸し蕎麦を食べたことがないようだ。

お妙も大家が営む貸本屋で『蕎麦全書』なる書物を見つけたようだが、蒸し蕎麦に関してはご隠居が言っていたような、茹《ゆ》でて蒸し直した蕎麦の記述しかなかったという。

「ただ一人、お銀さんは食べたことがあると言うのですが」

ところがそれも怪しいもの。お銀といえば裏店に住む、いかさま人相見ではないか。当てずっぽうを言って人から金を騙《だま》し取る、そんな婆《ばば》あの言うことに真実があるとは思えない。

そんなわけで予備知識もまったくなく、その日を迎えることとなった。

「なぁに、皆で手探りしながら作るというのも、また一興ですよ」

ご隠居はそう言って、ゆったりと構えている。

「心配しなくても、蕎麦打ちの名人も呼んどきましたから。そうひどいものにはならないでしょう」

その顔の広さで、道具もかき集めてきたという。蕎麦粉は故郷である越後《えちご》の上物を取り寄せたそうだ。なんと、前掛けまで人数分揃っているではないか。

「いいんですか、これ。お店の品物でしょう？」

「構やしません。店を大きくしたのは私ですよ」

大伝馬町菱屋は太物屋。女中に命じ、店の反物《たんもの》を前掛けに仕立てさせたらしい。

おそらく息子の嫁には「勝手なことを」と恨まれていようが、当の本人はどこ吹く風。己の楽しみに心を躍らせている。いくつになってもご隠居は、遊ぶときは子供のようだ。

夕七つ（午後四時）の鐘が鳴り終わると、参加を表明していた旦那衆がぽつりぽつりと集まりだす。まずはじめに顔を出したのは駿河町《するがちょう》三河屋《みかわや》。味噌屋《みそや》の主《あるじ》とあって色黒の、こってりとした風貌《ふうぼう》である。

それと対照的なのが小舟町《こぶなちょう》三文字屋《みもじや》。色白の細面で絵巻物に見る公家《くげ》のような顔をしているが、鼻の脇《わき》のホクロが大きくやけに目立つ。白粉《おしろい》問屋という女相手の商売だからか、甘いものに目がなく、松岡長門《まつおかながと》の松風《まつかぜ》を手土産《てみやげ》にやって来た。ホクロもひくりひくりと、一緒になって笑っている。

「後で、皆さんで食べましょう」とにこにこしている。

次に顔を見せたのは本石町俵屋《ほんごくちょうたわらや》だ。「洗い物なんぞに使ってやってください」と小僧の熊吉《くまきち》を伴っているものの、どうせいつもの依怙贔屓《えこひいき》。熊吉にお妙の顔を見せてやりに来たのだろう。

この年頃《としごろ》の子供というのは、しばらく見ないうちに驚くほど大きくなっている。熊吉も年が明ければ十一だ。真ん丸だった頬が細くなり、手脚《てあし》がうんと伸びている。

「久しぶりだね、熊吉。元気だったかい」挨拶をする只次郎には目もくれず、「おばさん、手伝うよ」と調理場に駆け寄って行った。

小憎らしいのは相変わらずだ。

最後にやって来たのが升川屋。昼のうちに高瀬舟《たかせぶね》で灘目《なだめ》の新酒を届けさせ、満を持してのお出ましである。

「お妙さん、お勝さん。この間は本当に助かった。たんと、旨い酒を飲んでくれよ」

「まったくだよ。あれからどうだい、うまくやってんのかい」

「お陰様で。こいつぁお志乃から」

そう言って升川屋が手にしていた風呂敷《ふろしき》を解《と》く。盛籠《もりかご》いっぱいのみかんである。

先日は、お妙とお勝が升川屋の嫁姑《よめしゅうとめ》騒動を解決したと聞いている。

「さて、これで皆さん揃いましたから、ぼちぼちやりましょうか」

小上がりで火鉢に当たっていたご隠居が、のっそりと立ち上がる。

只次郎は「えっ」と声を上げて周りを見回した。お馴染みの旦那衆は、たしかに揃っているのだが。

「あの、ご隠居。蕎麦打ちの名人とやらは？」

その人がいなければ、まさに暗中模索《あんちゅうもさく》である。お妙でさえ蕎麦は打ったことがないという。

「ああ、それでしたら。はい、蕎麦打ち名人の升川屋さんです」

「ええっ！」

ご隠居にあらためて紹介され、升川屋が「へぃ」とふざけて腰を折った。

「新川は四日市町の下り酒問屋、升川屋喜兵衛とは仮の姿。蕎麦打ち名人喜の字とは、ア、手前のことでござんす」

家中《かちゅう》の憂いもすでに晴れ、ずいぶん調子がよさそうである。

「やれやれ、なに言ってんだか」と、お勝が苦笑いをしながら煙草盆《たばこぼん》を引き寄せた。

話によると升川屋は、金はそこそこ、暇だけは売るほどあった遊び人時代に、本当に蕎麦屋で蕎麦を打っていたという。

「いやぁ、若ぇころってのは誰しも、家業になんか見向きもせず尖《とが》ったことをしたがるもんで」

ご隠居に手渡された前掛けを締め、きりりと襷掛《たすきが》けをしたその姿は、なるほど様になっている。

「気持ちは分かるが、なんで蕎麦屋だ」

「私なんぞは子供のうちからこの仕事が好きなもんで、さっぱり分かりませんけどね」

三河屋と三文字屋が、若気の至りということにしておきたい升川屋の言い訳に首を振る。三人とも大店の総領であったとはいえ、家業への思い入れは様々だったということだ。

いずれそれが自分のものになると言い聞かされ、逃げ出したくなる気持ちも、懸命に働く親の姿を見て憧《あこが》れる気持ちも、只次郎には分かる気がする。どちらもつまり、持てる者の贅沢《ぜいたく》だ。

持たざる者はただひたすら、できることからやってゆくしかない。次男坊ではあるものの、士分を捨てたいと思っている只次郎もまた、贅沢者のうちに入るのだろう。

ともあれ升川屋の話である。まだ二十歳《はたち》そこそこだったころ、もててしょうがなかった若き日の升川屋は、毎朝違う女の白粉の匂《にお》いをさせて歩いていた。

このままいけば、下り酒問屋升川屋はいずれ自分のものになる。だが本当にそれでいいのか。男なら裸一貫でのし上がってこそではないか。

そんな考えが胸の中に渦巻いており、女を抱いてもいっこうに晴れない。なにかを成さねばと思うがその「なにか」が分からず、焦《じ》れていた。

だがあるときなにげなく入った蕎麦屋で、主人が蕎麦を打っているのを見て「これだ」と閃《ひらめ》くものがあった。白粉の匂いと女のやわ肌に疲れていた升川屋には、その一連の動作が厳格な儀式のようにも見えた。痺《しび》れた。俺もやってみたいと思った。

「てなわけでその場で弟子入りして、蕎麦を打ちはじめまして。生まれ変わったみてえに楽しかったんですよ」

大店の主のわりにものの言いかたが伝法《でんぽう》なのは、そのときの名残なのだという。

先代の升川屋もまた変わった人で、「酒問屋を継ごうって男が四角四面じゃつまらん」と、息子の好きなようにやらせていた。升川屋の見た目がたちまち評判になり、蕎麦屋はたいそう繁盛《はんじょう》したようだ。

「それがまた、なんで辞めちまったんです？」

床几に大判の紙を広げ、蕎麦を打つ準備をしながら俵屋が尋ねる。

「ええ、その店の酒がね、うちの仲買から仕入れたものだったんですよ」

充分打てるようになり、お前も一人前だと主人が飲ませてくれた酒がそれだった。

そこでようやく升川屋は、生まれ変わってなどいなかったと目が覚めたのである。

「ま、蕎麦屋に酒はつきものですからね」

ご隠居がそう言いながら、大きなこね鉢を三つ並べ置く。只次郎も入れて男が六人。

二人ひと組でやることになった。只次郎はご隠居とだ。

「お妙さんたちは、旨い蕎麦ができるのを待っててくださいね」

張り切って襷をきゅっと結ぶ。

お勝が小上がりで煙管《きせる》を使いながら、「へへーい」とやる気のない返事をした。期待はされていないようだ。

「その話、お志乃さんには？」

升川屋と組んだ三文字屋が、さらに深く追及している。

「昔のことなんで、今日を限りに忘れてくだせぇ」

どうも秘密にしているらしい。若かりし日は愚かだが、時々取り出して眺めてみたい宝物でもある。

宝というのは隠すもの。升川屋は照れたように「へへっ」と笑った。

「さて、蒸し蕎麦は俺もはじめてなんで、二八と生粉《きこ》打ち、両方やってみましょうか」

升川屋はてきぱきと道具を整え、蕎麦粉の分量を量《はか》ってゆく。二八蕎麦はつなぎの小麦粉二割に蕎麦粉が八割。生粉打ちはすべて蕎麦粉で、いわゆる十割蕎麦である。

「生粉打ちは慣れねぇと蕎麦がぷつぷつ切れちまうからこっちでやるとして、あとの二組は二八だな」

そう言って只次郎・ご隠居組と、俵屋・三河屋組のこね鉢に小麦粉を追加する。すでに蕎麦粉の香ばしい匂いがしており、いやが上にも期待が高まる。

「まずはこれを篩《ふるい》にかけてから、水回し。そこに用意しといた水を四回に分けて手で混ぜる。水が万遍《まんべん》なく行き渡るよう、根気よくですぜ。ここでしくじると、麺《めん》が切れやすくなっちまう」

指示された通りに手を動かす。指先を立てて混ぜていると、蕎麦粉が水を吸ってしだいに珠《たま》になってきた。「残りの水の半分を入れてくんな」と言うので従うと、その珠がどんどんくっつき、いくつもの団子になった。

それをひとまとめにして、練ってゆく。こね鉢の内壁を使って体の重みを乗せ、力がいるのでご隠居を休ませ只次郎が一手に担った。この作業が上手くいくと、麺にコシが出るらしい。

「本当に力仕事なんですね」

蕎麦前の肴を作っていたお妙も、いったん包丁を置いて興味深そうに手元を覗き込んでくる。存外顔が近いところにあるので、どぎまぎさせられてしまう。

いいところを見せたくなって、必要以上に力が入った。こね鉢に打ちつけるようにしていると、対面で生粉打ちの水回しをしていた升川屋から注意が飛んだ。

「あんまりこねすぎると、かえってまとまりが悪くなっちまうんで、気をつけてくだせぇ」

小上がりに座るお勝が脚をぶらぶらさせながら、「馬鹿だねぇ」と笑う。お妙までがくすくすと声を上げ、只次郎は赤くなった。

それでも冷たくあしらわれるよりは、笑われているほうがまだましだ。この笑顔のためならば、いくらだって道化になれる。

「なめらかになって艶《つや》が出てきたら、次は菊練《きくね》り。生地《きじ》の外側をこう、内側に折り込んで、くるくる回しながら襞《ひだ》を真ん中に寄せてくんです」

「あら本当、菊の模様みたい」お妙が嬉《うれ》しそうに手を打った。

中央に寄った襞がそう見える。蕎麦打ちというのは風流なものだと感心していると、

「次はへそ出し」と言うので、熊吉がげらげらと笑いだした。

「そりゃ大変だ。雷《かみなり》様から隠さなきゃ！」

へそごときでこれほど笑えるとは。子供というのは平和である。

さっきは菊にたとえた襞を、へそに見立ててなめらかにしてゆく。へその部分を尖らせるように回転させて、襞の跡を消すのだ。生地は巨大な栗《くり》のように、頭がつんと立った形になった。

「へそがっ、へそが出べそになっちまった！」

熊吉が呼吸も怪しいほど笑い転げている。そんなにへそが好きで、将来は大丈夫かと心配になるほどだ。

「さぁ、ようやく延《の》しだ。はじめは手で、それから麺棒《めんぼう》を使って真ん丸く延してくんだが、できますかい？」

只次郎はここでご隠居と交代した。大きなまな板に打ち粉を振り、皺《しわ》の寄った分厚

い手が、ギュッギュッと生地を延ばしてゆく。好事家というのは器用な人が多く、ご隠居も例外ではない。麺棒を使い、見事な円を作り上げた。

その円を、今度は四角くしてゆく。生地を手前から麺棒に巻きつけ、力を加えながら転がすと、向こう側に角ができる。それを四隅ぶん作り、四角になったらさらに厚みを均《なら》してゆくのだ。

「これが本延し。急に力を入れず、ゆっくり均等に。途中から長さが出てくるんで、もう一本の麺棒で巻き取りながらやってくだせぇ。厚みにムラがあると蒸し上がりが揃わねぇんで」

そう言いながら升川屋は、生地を一枚の大きな紙のように延ばして見せた。麺棒で巻き取って横から見ると、たしかに厚みが揃っている。見事な技だ。

「うわぁ、皆さんもお上手ですねぇ」

他の旦那衆も、升川屋ほど薄くはないが生地を真っ平らに仕上げている。やはり伊達《だて》に遊んできたわけではないようだ。

「あとは打ち粉をしながら八つに畳んで、細く切ったら出来上がりだ。生地が薄いんで、扱いには気をつけて」

「切ります？　お武家様なら刃物の扱いには慣れてるでしょう」

危なげなく生地を折り畳んでから、ご隠居がこちらを振り返る。只次郎は「ええ」と胸を張って見せた。

「見くびらないでください。刀なんて、手入れのときしか抜いたことがありませんよ」

大刀は、小上がりの隅《すみ》に置いたままである。お勝がそちらに目を遣《や》って、「駄目じゃないか」と呆《あき》れた声を出した。

「あの、私が切ってみてもいいですか」

興味を抑えきれなかったのか、お妙が胸に手を当てて申し出てきた。旦那衆の集まりだから遠慮していたが、本当は自分でも蕎麦を打ってみたかったのだろう。

お勝に「子供と同じ」と言われるのは、こういうところか。歳上《としうえ》のお妙がやけに可愛《かわい》らしく見え、只次郎は「どうぞ」と場所を譲った。

たっぷりと打ち粉を振って、定規代わりのこま板を左手に、太さを揃えて切ってゆく。包丁遣いはさすがに上手い。

升川屋は三文字屋に包丁を譲り、もうひと組は俵屋が切っている。

「すごいねぇ。どれもみんな、とても初めてとは思えねぇ」

周りを見回し、升川屋も感心しきり。やや不揃いなところはあるが、ちゃんと蕎麦になっている。

切り終わると余分な打ち粉をサッと払う。出来上がりである。

四

「うう～ん、うまぁい」

口の中に広がる香ばしさに、只次郎はうっとりと目をつぶる。

調理場では三段に積んだせいろから、ふつふつと湯気が上がっている。蕎麦が蒸し上がるまでだいたい四半刻《しはんとき》（三十分）、その前に蕎麦前の酒と肴を楽しもうと、小上がりで皆車座になっていた。

床几の上に広げた道具類は、俵屋が連れてきた熊吉が文句も言わずに片づけている。お勝はそれを手伝いもせず、「そうそう、男ってのはいつだってやりっ放しなんだよねぇ」とうんざりしたように首を振った。

人を使うのに慣れている旦那衆は、そんなことは気にしない。せいぜい「熊吉、ありがとよ」と労《ねぎら》う程度で目の前の酒肴《しゆこう》を楽しんでいる。

「この焼き蕎麦味噌ってのはいけませんねぇ。いっくらでも酒が飲めちまう」

使われているのは三河屋で扱っている西京《さいきょう》味噌だ。味噌好きの主人が満足げに目を細める。味噌には蕎麦の実だけでなく、胡桃《くるみ》と葱《ねぎ》が練り込まれ、焦げ目がつくまで軽く炙ってある。

「ちびちび舐めてるうちに、ちろりの酒がもう空だ。これさえありゃ充分ですよ」

「あらそうですか。じゃあ三河屋さんの分の出汁巻《だしま》き玉子、いただいてもよろしいんで？」

「やや、それは勘弁しとくれよ」

出汁巻き玉子には蕎麦つゆが使われているようで、こってりと醤油《しょうゆ》の味がする。花見のときに食べた玉子焼きは、色が濃くならぬよう薄口醤油が使われていた。あの上品な風味も忘れ難いが、こちらのほうが江戸っ子好みではある。

豆腐の味噌漬け、平目《ひらめ》の煮凝《にこご》りと骨せんべい、板わさ、サッと炙った海苔《のり》。南京《なんきん》と春菊、それから芝海老《しばえび》の天麩羅《てんぷら》まで出てきて、盛りだくさんな蕎麦前となった。

「はぁ、極楽極楽。ご隠居さん、こんな楽しい会にお招きいただいて、ありがとうございます」

人のよさそうな顔を酒気に染め、俵屋がご隠居に酒を注ぐ。ご隠居もまた「なんのなんの」と目尻《めじり》を下げた。

「こんな隠居の身の上と遊んでくださって、いつも感謝しておりますよ」

旦那衆は上機嫌。だが元々は、お妙を元気づけようとする企てではなかったか。それなのにお妙はいつも通り調理場で立ち働いており、はたしてこれでいいのだろうかと気になった。

「大丈夫だよ」

調理場をちらちらと窺っていると、ちろりを運んできたお勝に悟られた。

「ごらん、蕎麦の蒸し上がりが楽しみで、しょっちゅうせいろのほうを気にしてるだろ。あの子は大勢で騒ぐより、ああいうのがいいんだ」

言われてみれば、お妙はどことなくそわそわしているようである。人の楽しみは様々だ。お妙がそれでいいのなら、特に気にすることはあるまい。

「そろそろでしょうか」

「なぁに、焦らず焦らず」

旦那衆もまた旨い肴に舌鼓《したつづみ》を打ちながら、主役の蕎麦を楽しみにしている。旨いものを食べながら、旨いものを待つ、これほど贅沢なことがあるだろうか。

と満足しているところへ、入り口の引き戸がからりと開いた。

表には、『本日貸し切り』の張り紙がしてあったはず。誰かと思って振り返れば、着流し姿の柳井殿が立っていた。

「よう、蕎麦はできたかい？」

そう言うからには、今日の催しを知っていたのだろう。「ええ、私が報せました」とご隠居が頷く。いつの間にか柳井殿も、遊び仲間の数のうちに入っている。

「あら、柳井様。おいでなさいまし」

お妙にしてみれば、柳井殿もまた駄染め屋追捕の件を隠していた張本人。その笑顔に不穏なものを感じ、只次郎は素早く立ち上がった。

「柳井殿、その後どうなりましたか？」と、相手を店の隅に追いやって尋ねる。

「その後とは？」

「決まってるでしょう。奴《やっこ》さんが喋ったかどうかですよ」

余裕なく詰め寄る只次郎に、柳井殿は唇を尖らせ茶化した顔をして見せた。ようするに、まだなのだろう。

「ふざけてないで、ちゃんと仕事をしてくださいよ」

「そうは言ってもなぁ」

罪人を取り調べるのが吟味方与力の仕事。だが口頭《こうとう》で相手をうまく誘導して自白を引き出すのが上手とされ、よほどのことがないかぎり責問《せめどい》や拷問をしたがらない。それに駄染め屋は押し込みとはいえ、なにも盗《と》らず、誰も殺していないので、あまり強硬な姿勢も取れぬ。そんなわけでのらりくらりしているようである。

「罪一等を減じてやるからと甘い言葉を囁《ささや》いてやっても、頑として喋らねぇ。実は佐々木様とデキてたんじゃねぇか？」

衆道はなにも珍しいことではないが、只次郎には馴染みがない。佐々木様と駄染め屋——その様子を想像してしまい、「うっ」と呻《うめ》いた。

「それはまぁ冗談だが、いずれ吐かせてやるさ」

柳井殿はそう言って、只次郎の背を叩く。その自信はどこからくるのか。柳井家は代々吟味方。先祖伝来の秘策でもあるのだろう。

「よろしく頼みましたよ」と、只次郎は柳井殿に手を合わせた。

「さぁ、そろそろお蕎麦が蒸し上がりますよ」

お妙の号令で、旦那衆がぞろぞろと調理場の前に集まってくる。座して待っていればいいものを、気になって落ち着かないのだろう。

鍋にかかっていたせいろが外され、調理場の仕切り越しに見世棚《みせだな》へと置かれる。お妙は一番上の蓋《ふた》を布巾《ふきん》でつまみ、「行きますよ」と一同の顔を眺め回した。

旦那衆がごくりと唾を飲む。蓋が開けられると共に、もうもうと上がった湯気で中が見えない。それが収まるのも待てず、目を眇《すが》めてどうにか見ようとする。

「や、こりゃいけねぇ」

真っ先に声を発したのは升川屋だった。

「蕎麦がふやけちまってる！」

やや白っぽい色みからすると、こちらは二八蕎麦か。見るからにふやけきり、水でサッと洗おうにもくっついてしまってどうにもならない。半ば糊《のり》状になっており、とても食えたものではなさそうだ。

二段目も二八、こちらも同じ状態で、旦那衆の顔に失望の色が広がってゆく。三段目は生粉打ちだ。祈るような気持ちで開け、ほっと胸を撫《な》で下ろす。

「よかった、こっちは形を保ってますね」と三文字屋。

「いや、ひとまず水で締めてみよう」

升川屋は慎重になっており、せいろを持って調理場の中に入った。お妙が柄杓《ひしゃく》で水を汲み、せいろの上からかけてゆく。

「うん、大丈夫だ。なんとも甘い蕎麦の香りがしますぜ」

とはいえこの顔ぶれにせいろ一つ分の蕎麦では、ひと口ずつしか行き渡らない。幸い生粉打ちの蕎麦はまだたっぷりあるから蒸せばいいと、ひとまず味見をすることにした。

薬味は山葵《わさび》と大根おろし。つけ汁は醬油のものと、味噌のものが用意されていた。

「お、垂れ味噌のつゆは久しぶりですね」とご隠居が顔を輝かせる。

蕎麦はもともと、味噌味のつゆで食べられていた。布袋に味噌と水を煮詰めたものを入れて吊《つ》るし、垂れてきたものを「垂れ味噌」という。それに酒と削り節を合わせて煮詰め、さらに漉《こ》し、塩と溜《た》まり醬油で味を調えたつゆである。

ところが江戸近郊で旨い醬油が作られるようになってからは、醬油と酒と水を煮て、鰹節《かつおぶし》を加えたつゆが多くなった。蕎麦屋でも、今や醬油のつゆばかりである。

「なるほど、垂れ味噌」と頷いて、柳井殿が味噌つゆの猪口《ちょこ》を手に取った。

旦那衆も、銘々好きな味を選ぶ。只次郎は馴染みの深い醬油を選んだ。

「お妙さんとお勝さんも選んで。皆で一緒に食べましょう」

ご隠居はいかにも嬉しそうに、箸と猪口を構えている。熊吉は後でおこぼれに与るとして、それ以外の大人は皆、ご隠居に倣《なら》った。

「じゃ、行きますよ」

ひと口ずつ箸で取り、ご隠居の「イヨッ！」という掛け声で啜り込む。

口の中に、蕎麦の香りがふわりと広がった。茹で蕎麦とは違い、よく嚙まないと飲み込めない。黙々と顎を動かし、咀嚼《そしやく》する。

「どうだい？」

いつもなら只次郎あたりがいち早く「うまぁい！」と叫ぶところなのに、誰もがむっつりと押し黙っている。熊吉が焦れて、感想を求めてきた。

「うん、嚙めば嚙むほど、蕎麦の風味がにじみ出てくるね」

「もちもちとした歯応えで、食い出があります」

「だが、喉越《のどご》しが悪くて飲み込めたもんじゃねぇ！」

皆一斉に目を見交わし、間を置いてからどっと笑った。

「なんだこりゃ、ぼそぼそしてちっとも旨くない」

「べつに不味《まず》くもないですよ。旨くはないってだけで」

「いや、これは不味いでしょう。いつまでも口の中に残り続けるんですから」

「茹で蕎麦のツルッとした喉越しを知っていると、とても食えやしませんね」

ひとしきり笑ってから、頷き合った。

ご隠居がお妙に向き直る。

「すみません、残りの蕎麦は茹でてもらえますか」

「ええ、かしこまりました」

請け合うお妙も苦笑いである。

廃れゆくものには、それなりの理由があるということだ。

五

チチチチと、籠桶《こおけ》の中からルリオの愛らしい声がする。

擂鉢《すりばち》を使う音に気づいたのだろうか。籠桶の障子は閉めたままなのに、耳聡いことである。

「はいはい、ちょっと待っておくれよ」

手元で擂《す》り潰《つぶ》しているのは小松菜だ。これが鶯菜と呼ばれるのは、鶯の鳴くころに出回るからとか、鶯のすり餌《え》に最も適しているからだとか。どちらにせよ、鶯と縁の深い青菜である。

明け六つ半（午前七時）、己の朝飯よりも先に、鶯の餌を整える。今はルリオとメノウしかいないのに、つい多めに作ってしまう。

どうせすぐまた、賑《にぎ》やかになる。六日前の蒸し蕎麦の会では、三文字屋と三河屋から今年も鶯のあぶりを頼まれた。ご隠居に預けてある升川屋の鶯は、そちらであぶりを入れるつもりのようだ。

升川屋からはその代わり、材木問屋の近江屋を紹介すると言われている。まだ鶯飼いを始めてはいないようだが、大いに興味があるそうだ。お大尽の客ならば、いついかなるときも歓迎である。

「よぉし、よし。たんまりお食べ」

餌猪口《えさちょこ》にすり餌を盛って、籠桶の中に入れてやる。生き物がものを食っているのを眺めていると、やけに幸せな気持ちになるのはなぜだろう。

なんだか眠くなってきて、只次郎は胡坐《あぐら》の膝《ひざ》に頰杖《ほおづえ》をつく。縁側の障子越しに、「只次郎様、よろしいですか」と声がかかったのはそのときだった。

林家の下男、亀吉の声である。「構わないよ」と答えると、すらりと障子が開けられた。

なぜこの離れには、玄関から入ってくる者がいないのだろう。吹き込んできた寒風に身を硬くして、只次郎はやれやれと顔を上げる。

「お客人です」と言う亀吉の背後には、なんと柳井殿が控えていた。

『ぜんや』を訪《おと》なうときのような着流しではなく、羽織袴《はおりはかま》姿である。

「よぉ、朝っぱらからすまねぇな」

どうも裏口から入ったらしい。兄嫁お葉《よう》の父なのだから、表から堂々と入ればいいものを。おおかた娘と顔を合わせるのが気まずくて、裏から取り次ぎを頼んだのだろう。

相変わらず、娘には素直になれぬ柳井殿だ。

「ついに口を割ったぞ、駄染め屋が」

縁側から上がり込み、閉じた障子越しに亀吉の気配が遠ざかるのを待ってから、柳井殿は口を開いた。

只次郎は茶でも淹れようかと、火鉢の鉄瓶に伸ばしかけていた手を引っ込める。

「ええ、それで」と先を促した。

「奴さん、佐々木様との繋がりを認めやがった」

やはり、と只次郎は身を乗り出す。ひと言も聞き洩らすまいと、柳井殿の口元に集中する。

話によると佐々木様と駄染め屋には、元々なんの因縁《いんねん》もなかったようだ。

そんな二人が出会ったのは、ちょうど二年前の今ごろのこと。まだ日も高いうちから酒に酔った駄染め屋が、「黒狗組だ！」と小間物屋の店先で暴れていると、「もし、もし」と背後から声を掛けられた。

振り返ってみれば武家の中間風の男。「もし、主人が呼んでおります」と言う。「主人たぁ誰のことだ」と酒臭い息で尋ねても、「それはまだ申し上げられませぬ。共に来てくださいませ」と慇懃《いんぎん》に腰を折る。

「必ず悪いようにはいたしませぬ」と言うので危ぶみつつも、怪しい気配を感じたらこの男をぶん殴って逃げればよかろうと、ついて行ってみることにした。

麴町《こうじまち》の小間物屋から、歩くこと四十間あまり。人気のない裏通りに、武士が馬上で待っていた。

役目を終えた帰りなのか、裃《かみしも》姿だ。のっぺりとした色白の、蛇に似た男である。供揃えの人数からすると一千石級だろう。まずまずの家格である。

男は供の者を下がらせて、馬上から声をかけてきた。

「お主、名はなんと申す」

その居丈高な態度にかちんときた。駄染め屋は酔った勢いで、「てめぇなんぞに名乗る名はねぇ」というようなことを喚《わめ》き散らした。もっと非礼なことも口走ったような気がする。

供の者は色めきたったが男は意に介した様子もなく、にまりと薄い唇を横に引いた。

「威勢がいいな。その意気を見込んでここはひとつ、儂《わし》に使われてはみぬか?」

もしも男の意に沿う働きができたなら、大名家に仕官の口利きをしてやろうと言う。

それだけのつてはあるとの甘い言葉に、駄染め屋はすぐさま縋《すが》りつきたい気持ちになった。

なにしろ武士とは名ばかりの、根っからの浪人である。生まれも育ちも裏長屋。立ち居振る舞いは町人のそれとさほど変わらず、亡き父から託された大刀ばかりが重い。

「どうか仕官の道を諦《あきら》めてくれるな」という、今わの際の遺言が蘇《よみがえ》る。

駄染め屋にとって、断るという選択肢はないようなものだった。

「それでも無茶をやらされそうなら、すぐさま逃げてやろうと思ってたらしいんだ。しかし言いつけられたのは、案外簡単なことだった。なんだったと思う?」

「知るわけありませんよ。なんですか」

柳井殿の問いかけに、只次郎は憮然《ぶぜん》と溜《た》め息《いき》をついた。それより話を先に進めてほしい。目でそう合図すると、柳井殿は声をぐっと落とした。

「駄染め屋はこう言われたらしい。『ぜんや』の裏店に住んで、女将《おかみ》を見張れってな」

「どういうことですか!」

只次郎は思わず立膝になる。今にも噛みつかんばかりの剣幕に、柳井殿が「どうどう」と座るよう促した。

「どういうわけかは駄染め屋も知らねぇんだ。ただ命じられたからやっていた。たまに佐々木家の中間が客を装ってやってきて、怪しげな動きがあれば手紙にしたためて渡す。駄染めは元々内職でやってたからお手のもの。誰も町人と信じて疑わねぇ」

裏店に紛れ込んでも馴染む者。だから佐々木様は駄染め屋に目をつけたのだろう。

そういえば、佐々木様から居酒屋に「商人たちを集めてなにをしておる」と尋ねられたことがあった。父が探らせたものと思っていたが、あれは駄染め屋からの報せだったのだ。

暮らしが立つだけの銭は佐々木様から渡されており、こんな楽な仕事で餓《かっ》える心配がなくなるなら、悪くない。駄染め屋はしだいにそう思うようになってゆく。だが一年近く経ったあるときから「ぜんや」に常連が増えはじめ、気軽に出入りができなくなった。

駄染め屋は焦った。そもそもあの、お妙とかいう女はなんだ。すこぶる別嬪《べっぴん》だが、もしや佐々木様もあの女に懸想《けそう》しているのか。いっそ拐《かどわ》かして連れてってやれば、案外喜んでもらえるかもしれぬ。

際どい発想だが、そう思いついた夜も駄染め屋は酔っていた。そしてあのような暴挙に出てしまったのである。

拐かしに失敗した駄染め屋は、凍える橋の下で一夜を明かし、朝が来るのを待って佐々木様の屋敷に逃げ込んだ。たいしたことをしてくれたものだとひどくお叱《しか》りを受けたものの、肘《ひじ》まで染まった腕の色が抜けるまでは、屋敷にいてもいいということになった。

「じゃあお妙さんを見張らせてたわけは、佐々木様に喋ってもらうよりほかはないんですね」

只次郎は腹の底から息を吐き、どうにか気持ちを落ち着かせる。鉄瓶が盛んに湯気を吹き上げているのに気づき、いったん火鉢から外した。

佐々木様を評定所に呼び出すには、町人の女に見張りをつけていたくらいの訴えでは弱かろう。にもかかわらず佐々木様は、明らかに焦っていた。でなければあんなふうに、慌てて鶯を引き取ったりはしないだろう。

とすれば、きっとまだあるのだ。駄染め屋に、喋られては困るようななにかが。

「又三の話は出ましたか?」

「そう、それだ」

水を向けてみると柳井殿は、顎を撫でてにやりと笑った。

「駄染め屋が使えなくなったんで、佐々木様は屋敷に出入りしていた鶯の糞買いに目をつけたそうだ」

「やっぱり！」

只次郎の推察は、間違ってはいなかった。佐々木様は又三を呼び寄せ、妾奉公《めかけ》という口実を設けてお妙の身の回りを探らせようとした。だが又三はそのお屋敷で、偶然駄染め屋らしき男を見かけてしまったのである。

それが又三の言っていた、「解せぬもの」の正体だ。なぜお妙を妾にと望む佐々木様が、『ぜんや』に押し入った男を匿っているのか。これはおそらくなにかあると、又三は周りを探ってみることにした。

その動きが佐々木様にとっては煩《うるさ》かったのだろう。「近ごろ大きな蚊がぶんぶん飛び回っておって、敵《かな》わんな」と、ある日駄染め屋に向かって愚痴を洩らした。

「蚊なら叩き潰《つぶ》せばよろしかろう」

そう答えると、佐々木様ははじめて会った日のようににやりと笑い、扇で肩をトンと突いてきた。

「しからば頼んだ。後はお主の望む道をゆくがよい」

駄染め屋はそれを、事を成した後は仕官の道が開けているものと解釈した。腕の色は、ほとんど元に戻っていた。

「じゃ、又三を殺《や》った下手人は」

「ああ、駄染め屋だ」

ただの人殺しに見えぬよう、無関係な女まで手にかけて相対死を装ったのだから、罪は深い。明るみに出れば、死罪は免れないだろう。『ぜんや』への押し込みは認めても、佐々木様との繋がりを喋りたがらなかったのは、つまりそういうことだったのだ。

やっと、又三殺しの下手人が挙がった。只次郎はじっと目をつむる。

籠桶の受け皿にこびりついた鶯の糞をこそげ落とす度、又三のことを思い出していた。後で墓前に報せてやらなければ。これで又三も相手の女も、少しは浮かばれることだろう。

「佐々木様は、近々評定所で裁きを受けることになるだろうよ。すべてが明らかになるのはそんときだ」

「ええ、分かりました。でもどうして駄染め屋は、急に口が軽くなってしまったんですか」

「ああ。それはな、三日三晩眠らせなかったからだ」

柳井殿は、まるで天気の話でもするようななにげなさでそう言ってのけた。

「なんとまぁ！」と、只次郎は絶句する。

駄染め屋の体を拘束し、その頭上に水を含ませた分厚い布袋を吊り下げて、絶えず額に水滴が落ちるようにしておいたという。すると眠気が訪れてもいっこうに眠れず、しだいに神経が痩《や》せ細ってゆく。

四日目にあたる昨日、柳井殿が様子を見に行ってみると、「眠らせてくれ」と涎《よだれ》を垂らして喘《あえ》ぎながら、駄染め屋は洗いざらい喋ったという。

「あの、その手法ってもしかして」

「ああ、垂れ味噌から思いついた」

よくもまぁ、お妙の料理からそんな非道なことが閃くものだ。

責問は笞打《むちうち》、石抱《いしだき》、海老責《えびぜめ》。拷問は釣責《つるしぜめ》で、これには老中の許可がいる。柳井殿がこの度取った手法はいずれにも当てはまらず、体に傷もないので、記録には残らないだろう。こうしてどうにか、吟味方与力の面目を保ったわけである。

「ま、口を割らせた手段は内密に。あとのことは、お前から女将に伝えてやってくれ」

なにか分かったことがあったら今度こそ隠さずに教えてくれと、お妙からは釘《くぎ》を刺されている。その役目を任されて、只次郎は「うえっ」と顔をしかめた。

「お主、目付が調べに入る前に、小石川の賭場を畳ませただろう？」

これは痛いところを突かれた。駄染め屋の追捕に手を貸してもらった礼もあり、賭場の連中には近々手入れがあるやもしれぬと教えてやったのだ。

大山たちの動きは迅速だった。常連客に固く口止めをしてさっさと賭場を畳み、おそらく今ごろは他の武家屋敷に河岸《かし》を変えていることだろう。只次郎も大山から是非にと誘われたが、丁重にお断りしておいた。

「ま、気が向いたらいつでも来い」と白い歯を見せる大山に、未練のようなものを感じつつ、只次郎は彼らを見送った。

「構わねぇだろ、こっちはひとつ面目を潰されてんだから」

「はぁ、かしこまりました」

そう言われては、渋々ながら頷くしかない。

お妙にどう伝えたものかと、只次郎は頭を悩ませた。

六

十一月も下旬となり、日増しに風が鋭くなってゆく。まるで無数の針を含んでいるかのごとく、露出した顔や首をちくちくと刺す。身を縮めて足踏みしたいのを堪えつつ、只次郎は『ぜんや』の前に立っていた。朝四つ（午前十時）過ぎ。店が開く前に駄染め屋が自白したことを伝えておこうと思って来たが、引き戸を叩いても返事がない。どうやら留守のようである。

開店前の忙しいときに、いったいどこへ。準備があるはずだから遠くへは行っていないだろうと踏んで待っているが、これがなかなか戻って来ない。爪先《つまさき》の感覚がなくなりだしたころ、ようやく浅草橋方面から、お勝と連れ立って歩いてくる姿が見えた。

「あら、どうなさったんですか林様」

近づいてきたお妙からは、微《かす》かに線香の匂いがしている。只次郎が凍《こご》えているのを見て、「早く中へ」と通してくれた。

竈《かまど》の火が落ちているので、店内もさほど暖かくはない。お勝が火鉢を掻き回し、埋《うず》み火《び》を呼び起こす。三人揃って手をかざし、凍りついた体をほぐしてゆく。

調理場には下拵《したごしら》えされた食材が並び、あとは最後のひと手間をかければいいまでになっていた。はじめから、計画されていた外出だったようだ。

「すみませんね、ずいぶんお待ちになりました？」

「いえいえ、とんでもない。ついさっき来たところですよ」

お妙に申し訳なさそうにされ、只次郎は強がった。人から見れば鼻の頭と耳が真っ赤でそんなはずはないと分かるのだが、当の本人は気づかない。

「良人《おっと》の、三回忌だったんです」

伏し目がちにお妙が呟く。その濃く茂ったまつ毛を横目に見て、只次郎は「ああ」と声にならない相槌《あいづち》を打った。

それでお勝と共に寺へ行き、墓前に経を上げてもらってきたのだろう。

こんな美しい人を残して逝ってしまった善助とやらは馬鹿だと、つくづく思う。自分が代わりになれぬことをよく知っているから、なおのこと。立ち込める暗雲を払ってもやれないくせに、善助はまだお妙の心の大部分を占めている。

でもね、死んだらおしまいなんですよ。

只次郎は生きていて、幸いにも若い。

たとえ振り向いてもらえなくとも、しつこくお妙に張りついていよう。傍にいれば、この人のためにしてやれることもあるはずだ。

「それで、あんたはなにか用があって来たんじゃないのかい」

お勝に問われ、只次郎は「ええ」と頷く。指先に、じんじんと血が巡っている。

「実は、駄染め屋がついに白状したそうで」

「えっ!」お妙がはっと目を見開く。

少し泣いたのか、瞼《まぶた》が赤い。そう気づいた只次郎の胸に、迷いが生じた。

もう絶対に、隠しごとはしないでください。お妙との約束を守るため、つい先ほどまでは柳井殿に聞いたとおり、洗いざらい喋る気でいた。

だが、すべてを話せばお妙の憂いは増えるばかり。佐々木様に身辺を探られていた理由は分からず、又三の死にもやはり関わっていた。この華奢《きゃしゃ》な体に、そんなに重たいものを背負わせていいのだろうか。

「林様?」

お妙が先を促すように、顔を覗き込んでくる。いったいどこまで話すべきか。

「お前から女将に伝えてやってくれ」と言った柳井殿は、只次郎の逡巡《しゅんじゅん》を見抜いていたのだろう。「やっぱり誤魔化しちまったか」と、笑う顔が目に浮かぶ。

試されている。そう気づいてはいても、只次郎は頭の中でお妙が傷つかない物語を、必死に作り上げていた。

煤払い

一

お妙は静かに怒っていた。いやその前に、まさか、という思いが強かった。床几《しょうぎ》に腰掛けている旗本の次男坊、林只次郎が、機嫌を窺《うかが》うような目でこちらを見上げてくる。悪さをした犬のような表情に、お妙は腹の底から息をつく。

「いったい、どういうことなんですか」

煤竹《すすだけ》売りの声が聞こえる、師走《しわす》十日。今年も残りわずかとあって、人々はみな気忙《きぜわ》しい。客もあまり長居はせず、店にはちょうど只次郎と、今来たばかりの吟味方与力《ぎんみかたよりき》、柳井殿しかいなかった。

戸口に立ったままの柳井殿は、やれやれという顔で只次郎を横目に見ている。

「ま、立ち話もなんだから、座ってもらいなよ」

お勝が横から口を挟《はさ》まなければ、席に案内することすら忘れていた。「失礼しました」と詫《わ》びて、柳井殿を小上がりに通す。只次郎も、食いかけだった百合根《ゆりね》飯の折敷《おしき》を持って、しぶしぶながらついてくる。

夕七つ半（午後五時）、今年もまた鶯《うぐいす》を早めに鳴かせるためのあぶりの作業に入っており、日没前には帰らねばという只次郎のために、締めの飯を出してやった。

百合根飯は少量の塩を加えることで百合根の甘みが引き立ち、ほくほくと旨《うま》い。只次郎がいつものように目を輝かせながら食っているところへ、柳井殿がのっそりとやって来たのである。

今日も与力には見えぬ着流し姿。店の中をさっと見回し、客が只次郎一人と見るや、開口一番こう言った。

「よう。例の佐々木様だが、評定所の詮議《せんぎ》があるまでは、ご親戚《しんせき》の預かりとなったらしいぜ」

お妙ははて、と首を傾《かし》げた。

佐々木様というのは、只次郎の父の上役だ。その人がなぜ、評定所で詮議されようとしているのだろう。

只次郎に視線を遣《や》れば、目を白黒させてお妙と柳井殿を見比べている。その様子を見て悟った。この人は、またもや肝心なことを言ってはくれなかったのだと。

それどころか、はっきりと嘘《うそ》をつかれていた。疑いのかかっていた佐々木様は、訳あって駄染め屋を匿《かくま》っていただけ。お妙はそう聞かされていたのである。

小伝馬町《こでんまちょう》の牢《ろう》屋敷に繋《つな》がれていた駄染め屋は、ついに洗いざらいを吐き、又三を手にかけたことまで白状した。なんでも共に殺されていた音曲《おんぎょく》の師匠が、元は駄染め屋の女だったというのだ。

押し込みのほとぼりが冷めたころ、久しぶりに女の住む岩本町の長屋を訪ねてみれば、そこには見知らぬ男がいた。早くも乗り換えたかとカッとなって、共寝していた二人をそのまま刺し殺してしまったのである。

あとは遺体を相対死《あいたいじに》に見せかけて処分し、自分は何食わぬ顔で高山家の雇われ侍に収まっていた。長屋での浪人生活に戻るよりは、そのほうが悪事は露見しづらかろうと踏んだのだろう。

その際に、佐々木様に口を利いてもらった。

かつて江戸市中で打ちこわしが盛んだったころ、騒動に巻き込まれそうになった佐々木様を、たまたまお助けしたことがあった。その恩返しと言って、逃げてきた駄染め屋を事情も聞かずに匿ってくれ、奉公先まで見つけてくださったというのである。

これまで佐々木様との繋がりを黙して語らなかったのは、ご迷惑をかけてはならぬと強く思えばこそ。どうかあの方にはお咎《とが》めなきように——と、駄染め屋は涙ながらに訴えた。

というのが、只次郎が作り上げた物語だ。だが小上がりに落ち着いた柳井殿によると、その経緯はほとんどでたらめだったことが分かった。

合っているのは又三殺しの下手人が、駄染め屋だということくらい。ところがそれを指示したのこそ佐々木様で、はじめから駄染め屋を操っていたというではないか。

「なぜ？」とお妙は眉間《みけん》を寄せた。

佐々木様とは、もちろん一面識もない。しかも相手は布衣《ほい》役の旗本で、己ごとき一介の町人とは、関《かか》わりがあろうはずもない。それなのに二年も前から駄染め屋に見張らせていたという。あまりの得体の知れなさに、脇腹《わきばら》あたりがぞっと冷えた。

「それは駄染め屋にも分からねぇ。佐々木様ご本人に聞いてみねぇかぎりはな」

お妙は口元に手を当てた。又三の死は、やはり自分と無関係ではなかった。そう思うと、にわかに気分が悪くなった。

「大丈夫ですか、お妙さん」

只次郎がとっさに手を出してくる。

「触らないでください！」と叫んでいた。

気まずい気配が流れた。只次郎のみならず、柳井殿まで目を丸くしている。

「すみません。その、平気ですから」

二の腕を撫《な》でつつ取り繕う。だがそれも今さらで、只次郎は居心地が悪そうに肩を縮めた。

「まぁまぁ、お妙さん。そう硬くならないでやってくれ。嘘をつかれていい気がしねぇのは分かるが、こいつなりにお妙さんを思ってのことだろうから」

取りなす柳井殿も苦い顔だ。この期に及んでお妙に真実を告げなかった只次郎に呆《あき》れているようでもあり、見越していたようでもあり。

お妙にだって、それが只次郎の真心だということは分かる。だがこちらはそんな対応を求めておらず、はっきりそう伝えてあった。お妙の気持ちを慮《おもんぱか》るのなら、嘘などつかないでほしかった。

つまり女子供はなにも知らなくてもいいと、見くびられたようなもの。しかも、一度ならず、二度までも。只次郎なら言えば分かってくれると頼むところがあっただけに、いっそう胸が悪かった。

それにしてもよくもまぁ、口から出まかせを並べたもの。商人になりたいと公言している只次郎だが、戯作者《げさくしゃ》にもなれるのではなかろうか。

お妙がうんともすんとも言わずにいると、只次郎が青白い顔で立ち上がる。

「あの、申し訳ありません。帰ります」

元々鶯のあぶりのために、帰らねばと言っていたところだった。おそらく本当に急ぐのだろう。だがこの場から逃れようという思惑も感じられ、お妙はますます頑《かたく》なになった。

ここでなにも言わずに見送れば、只次郎はもう二度と来ないかもしれない。それは決して本意ではないのだが、引き止めてやるのも癪《しゃく》だった。

只次郎が勘定を済ませ、「では」と小さく頭を下げる。心の中に住む小心なお妙がこれでいいのかと騒ぎだすが、頑固なお妙は耳を貸さない。このままでは、只次郎が帰ってしまう。

「ちょいとお待ち」

けっきょく声をかけたのはお勝だった。しょうがないねとでも言いたげに、床几にもたれて煙草《たばこ》の煙を鼻から吐く。不機嫌を装って、ぞんざいに先を続けた。

「あんた、アタシのことまで騙《だま》してくれたわけだけど、それについちゃ覚悟はできてんのかい？」

「えっ」と只次郎が鼻白《はなじろ》む。まさかお勝から言いがかりをつけられようとは、思ってもみなかったようである。

先ほど通り過ぎた煤竹売りが、売り声を響かせて戻ってくる。それを聞き、お勝がにやりと頬《ほお》を歪《ゆが》めた。

「そうだねぇ、じゃあ三日後の煤払いを、手伝ってもらうことにしようじゃないか」

十二月十三日は正月事始め。江戸市中の家々では一斉に、煤払いの大掃除をする。先のほうにだけ葉を残した煤竹という道具を使い、天井や梁《はり》に溜《た》まった一年分の煤を落とすのだ。

「うちだけじゃなく、裏店《うらだな》の年寄りの分も頼むよ。少しは人の役に立ちな」

居酒屋や裏店の煤払いなど、お武家様に頼んでよいことではない。にもかかわらず只次郎は、ほっとしたように「分かりました」と頷《うなず》いた。

さっと炙《あぶ》った鱈子《たらこ》、赤貝とわけぎのぬた、たたき牛蒡《ごぼう》を折敷に載せて、小上がりへ運んでゆく。お勝の酌で飲んでいた柳井殿が、「お、こりゃ旨そうだ」と眉《まゆ》を持ち上げた。

「どうだい、ちったぁ頭が冷えたかい？」

「先ほどは、失礼いたしました」

「なぁに、あの野郎が女ってものをなめてんのが悪いんだ。男の嘘を見抜くことにかけちゃ、女は名奉行なみだってのによ」

俺《おれ》だって、いくつ浮気がばれたかしれねぇ。そう言って、柳井殿は渋面を作る。

軽い冗談に救われて、お妙は唇の先に笑みを乗せた。

「たしかに私ははじめから、林様のお話を嘘と分かっていたかもしれません」

そう言って、前掛けをぎゅっと握る。

夫の三回忌の法要帰り、店の前でお妙たちを待っていた只次郎の語り口は、決して滑らかなものではなかった。火鉢にあたりながらつっかえつっかえ喋《しゃべ》り、今思えばあれはとっさに作り話を考えていたのだろうと分かる。その一方で、又三の死の真相を知って動転しているだけのようにも取れた。

「疑うこともできましたが、私は信じることにしたんです。きっと又三さんが亡くなったのは、自分のせいじゃないと思いたかったんでしょう」

蓋《ふた》をしておきたい心の内を、容赦《ようしゃ》なく覗《のぞ》き込む。

お妙のために佐々木様の身辺を探っていて、殺されてしまった又三。その献身に対し、なんと己の薄情なことか。気分が悪くなったのは、我と我が身に辟易《へきえき》したせいでもあった。

「なのに私、林様のことばかり責めてしまって――」

「あんたも損な性分だねぇ」

炙り鱰子で酒を飲みつつ、柳井殿がしみじみと首を振る。

「てめぇの汚ぇところなど見ずに、ただ『騙された』と騒いでりゃいいものを。誰《だれ》だって、自分の信じてぇものだけを信じて生きてんだ。あの野郎だって、あんたのことを守ってやんなきゃならねぇか弱い女だと信じてるから、つかなくてもいい嘘をついちまうのさ」

「そんな。私は守ってほしいだなんて――」

「だろ？　死んじまった又三もそうだが、皆勝手な思惑で動いてんのさ。お妙さんのせいってわけじゃねぇよ」

そうだろうか。「あんたは男を殺す女の相だ」という、人相見のお銀の声が頭をよぎった。たとえ当てずっぽうだとしても、その言葉にお妙がどきりとしたのは本当である。

「ですが、子供でもないのに守ってやらなきゃと思われるのは、どうも見くびられているようで」

そう思わせる己に、非があるのではないかと疑ってしまう。しかも只次郎などは、お妙より六つも下なのだ。

「おやおや」と、柳井殿は小上がりの縁《へり》に腰掛けるお勝に顔を向けた。

「すまないねぇ、うちの子ときたら自分の色恋に疎《うと》くって」

「ああ、なんだかあの次男坊が気の毒になってきた」

「もう、お勝ねえさん！」

こそこそと耳打ちをし合う二人に、「聞こえてますよ」と文句をつける。

色恋なんて、亡き夫の善助だけで充分だった。あんなに穏やかな関係は、他の男相手では築けない。養い親だっただけあって、善助はお妙の扱いをよく心得ていた。

「だけど林様とは、縁が切れてもいいと思っちゃいないんだろ？」

お勝に聞かれ、「それはまぁ」と頷く。今の『ぜんや』があるのは只次郎のお陰も大きい。お大尽《だいじん》たちの名札のついた置き徳利を振り返り、お妙は「どうしよう」と呟《つぶや》いた。

「私、林様にまだお礼を言っていなくて」

秘密裏に行われていたせいで臍《へそ》を曲げてしまったが、駄染め屋が捕まったのは只次郎の奔走《ほんそう》あってのこと。それに対して礼のひとつもなしとは、今さらながらあんまりだという気がしてきた。

「文句だろうが礼だろうが、言いたいことがあるなら言っちまいな。あのお侍ならなんでも受け入れてくれるだろうさ」

「ええ、そうね。ねえさん、ありがとう」

あらためてその機会を設けてくれたお勝に感謝するしかない。

「ま、あいつもそれなりに大事に思われてんだな」と、柳井殿が満足げに目を細めた。

二

十三日の煤払い。『ぜんや』ではその後、昼間の常連客の中から魚河岸《うおがし》の仲買《なかがい》二人が手伝いを名乗り出てくれ、彼らの仕事が落ち着く昼過ぎから始めようということになった。

裏店では高齢のおタキさんとお銀さん、それから「あたしも手伝うから、ついでにうちもやっとくれよ」と申し出てきた、おえんの部屋もやるつもりだ。

煤が頭上から落ちてくるので、手拭《てぬぐ》いを姉さん被《かぶ》りに。お勝とおえんは、亭主の古い羽織を綿入れの上から引っかけている。お妙は善助の形見の羽織を汚すのも忍びなく、着古した麻の葉柄《がら》の浴衣《ゆかた》を羽織った。

昼九つ半（午後一時）、手伝いの仲買人がやって来た。一人は将棋《しょうぎ》の駒《こま》を逆さにしたような顔、もう一人は真ん丸で、仲間内ではそのまんま「カク」、「マル」と呼ばれている。

「手土産《てみやげ》だ」と渡された油紙には、金目鯛《きんめだい》が包まれていた。

「まぁ、ありがとうございます」

ひと仕事を終えたら、皆で鍋《なべ》でもつつこうという話になった。煤払いの後に食べるものといえば鯨汁《くじらじる》だが、お妙の亡き母はよく寄せ鍋を作ってくれた。家にあるものをなんでも入れて煮ればよく、忙しい日のご馳走《ちそう》にはお誂《あつら》え向きだ。

土鍋からほくほくと上がる湯気。焼けてなくなってしまった生家の、年の瀬の匂《にお》いが鼻先に蘇《よみがえ》る。人が毎年決まった行事を行うのは、この郷愁を味わうためなのかもしれない。

ひと通りの準備が整って、おタキの部屋から手をつけることにする。

寝たきりのおタキをひとまず『ぜんや』の小上がりに運び、部屋の畳《たたみ》を上げてゆく。男手があるお陰で、力仕事がはかどるのは助かる。

「どうしたんだろう、来ないね」

二人がかりで畳を外に運び出しつつ、お勝が『ぜんや』の裏口に顔を向けた。

誰が、と尋《たず》ねるまでもない。お妙もそれを気にかけていた。

昨日の夕刻、林家の下男が煤払いの刻限を聞きに来た。一応お勝への詫びという体裁だから、只次郎の性格上、誰よりも先に駆けつけるものと思っていたのに。

「なになに、どうしたんだい？」

竈《かまど》の上の天窓を煤竹で払っていたおえんが、興味を引かれて振り返る。だがすぐさま顔をくしゃりと真ん中に寄せた。

「ペッペッ、煤が口に入っちまった」

「鼻から下も手拭いで覆いましょうか、おえんさん」

喋りながらではそうなって当たり前。だが女同士が集まって、むっつり黙っているというのも酷《こく》な話だ。他の部屋でもおかみさん連中が、お喋りに花を咲かせながら煤払いに勤《いそ》しんでいる。

あちらでパタパタ、こちらでパタパタ。煤竹を振り回して遊んでいた子供らが、「危ないだろ！」と母親に叱《しか》られる。表で障子を張り替えていた夫婦者が、それ歪《ゆが》んだと口論をはじめた。「カク」と「マル」は、すでにお銀の部屋の畳を運び出している。

「目出た目出たぁ〜のぉ〜」と歌う声がどこからか聞こえてきた。煤払いが終わった後は、歌いながら来合わせた人を誰彼かまわず胴上げする。なぜかは知らぬが、そういうことになっている。

「賑《にぎ》やかだねぇ」

目だけを出した怪しげな風体《ふうてい》でおえんが笑う。

歳神様《としがみ》を迎えるための大掃除にすぎないのに、面倒なことも楽しみに変えてしまうのが人の知恵。煤竹で遊んでいる子供たちも、いずれ大人になってから、この日を懐かしく思い出すことがあるだろう。

只次郎は、まだ来ない。

叩《たた》き落とした煤は箒《ほうき》で集め、捨てずに置いておけば煤買いがやって来る。これに膠《にかわ》を混ぜて練ると、墨になる。

四畳半ひと間の長屋の掃除は、わけもない。お夕キの部屋をひと通り終えて、いったん口元の手拭いを外す。息苦しさがなくなって、お妙はふうと吐息をついた。

「ぎゃ、びっくりした！」

先に表に出たおえんが、押し潰《つぶ》された蛙《かえる》のごとき声を出す。なにごとかと様子を見に行けば、外に積んだ畳の上に、お銀がちょこんと座っていた。

体がひどく小さいのでぱっと見は、猿が寛《くつろ》いでいるようでもある。おえんが驚いたのはそのせいだろう。

お銀の部屋は、まだ煤払いの真っ最中。しばらく外に出ていてくれと、寒空に放《ほう》り出されたようだ。

「すみません、お銀さん。冷えますから、よろしければ店の中で待っていてください」

そう勧めるも、お銀は聞いているのかいないのか。首をくるりとこちらに回し、お妙の顔をまじまじと見上げてきた。

「婆《ばあ》さん、畳を敷き直すから、ちょいとどいておくれでないかい?」

おえんが腰に手を当てて凄《すご》んでみせる。だがお銀にそんなものが通用するはずがない。左目を閉じ、白く濁った右目をお妙に向けた。

「あの、お銀さん?」

たしか殺された男が背後についてると告げられたときも、お銀は見えぬはずの右目だけを開いていた。薄気味悪いがその目には、常ならぬものが見えているようでもある。

「まだなにか、見えますか?」

「ちょいと、お妙ちゃん!」

おえんにはたしなめられたが、詳しく聞いてみたかった。

「男が」と、お銀が不釣り合いなほど艶《つや》のある声で答える。

「前と同じ人ですか？」

「ああ、同じだね」

首を巡らせ、自分の肩先に視線を遣《や》る。もちろんお妙にはなにも見えない。

殺された男――それが又三なら、お妙に取り憑《つ》いているわけも分かる。お前のせいで命を落としたと、恨みに思っているのだろう。下手人が挙げられても、成仏はできないということか。

「顔かたちは分かりますか？」

「そうだねぇ。五十がらみの男で、ちょっと見たくらいじゃすぐ忘れちまいそうな、取り立てて言うことのない顔だねぇ」

「えっ」

頬がぴりっと引きつった。又三ではない。あちらは三十路《みそじ》男で、胸焼けがするほど濃い顔立ちをしている。

「そりゃあまるで、うちの善助みたいだねぇ」

声がして顔を上げると、お勝がお夕キの部屋から出てきたところだった。

「まったく、未練がましくあんたに憑いてんのかねぇ」

頭からお銀の言葉を信じたわけではないだろうが、どことなく嬉《うれ》しそうだ。そういえばお勝は、お銀に不吉なお告げをされたことを知らないはずだ。

にわかに寒気がして、お妙は己を抱きしめる。善助はたしかに、顔見知りに会っても気づかれないほど印象の薄い顔をしていた。

でもあの人は、殺されたわけじゃない。真冬の川に落ちて溺《おぼ》れたのだ。

善助は、泳ぎは達者だったはず。子供のころ、夏は川遊びに興じていたと言っていた。だけど酒に酔っていたし、水は心臓が止まりそうなほど冷たいしで、うまく泳げなかったのだろう。

検視の同心が遺体の胸を押すと、目一杯水を吐き出した。その中に薄桃色のメダカが一匹浮かんでいたことまで、よく覚えている。

「そんなわけで、あんたにゃこの守り袋をやろう。なぁに、たったの四百文――」

「値上げしてんじゃないのさ!」

相変わらずのお銀に、おえんが目を怒らせる。いいかげん徳を積むことを考えろと、くどくどした説教がはじまった。

「このまんまじゃ、地獄に落ちるよ。閻魔《えんま》様に舌を抜かれちまうんだからね!」

「なぁに、地獄の沙汰《さた》も金次第」

「ええい、忌々《いまいま》しい婆さんだよ！」

積まれた畳の上からどきもせず、お銀は涼しい顔をしている。はっきりと両目を見開いて、おえんを見上げた。

「あんた、もちっと痩《や》せないと亭主を押し潰《つぶ》しちまうんじゃないかい？」

「ああ、そりゃ言われるまでもないねぇ」

「ちょっと、お勝さんまでなに結託してんのさ！」

おえんが叫び、お勝が声を上げて笑う。

お妙もつられて笑いながら、気にすることはないと己に言い聞かせた。お銀というのはこういう人だ。出鱈目《でたらめ》で金を稼いでいる。

だいたい殺されたというならどうやって？　誰かに突き飛ばされたとでも言うのだろうか。

気を取り直して、煤竹を握り直す。手際よくしなければ、日が暮れてしまう。

「ひとまずおえんさんの部屋、やっちゃいましょうか」

お銀は当分そこから動く気はなさそうだ。畳を元に戻すのは、後回しにすることにした。

裏店の煤払いを終えると、すでに昼八つ半（午後三時）を過ぎていた。

「ちょっと一服しようか」とおえんが言いだし、汚れた手を洗って茶を淹《い》れる。お茶請けは生姜《しょうが》の砂糖漬け。じんわりした甘さの後に、ピリッとした辛《から》みが利いてくる。熱い番茶と共に食べると、冷えていた手足の先がぽかぽかと温まる。

「うん、俺ゃ甘いもんは苦手なほうだが、こりゃ旨《うめ》ぇ」

仲買人の「カク」も、口元をほころばせている。

あちこち汚れているので座らずに、立ったまま茶菓を口にする。そんな不作法も慌ただしい師走らしく、好もしい。

只次郎はもう来ないものと、お妙は半ば諦《あきら》めていた。

お妙の態度を思い出してやっぱり腹を立てたのかもしれないし、まだ怒っているのだろうかと、腰が引けているのかもしれない。

どちらにせよ、当然の報いだ。あんなに強く拒絶されて、なんとも感じない者はいない。いつも頼りないほどにこにこしている只次郎だから、つい加減を忘れてしまった。そんなふうに慢心していたら、人と人との関係は、簡単に壊れてしまうというのに。

「さてと、体もあったまったことだし、もうひと働きするかぁ」

「マル」が湯呑《ゆの》みを置き、頭の手拭いを結び直す。「カク」も「よし！」と両頰を叩いた。

洗い物は後回しにして、床几と小上がりの畳を表へ運び出す。鍋釜《なべかま》の類《たぐい》も外へ出し、手桶《ておけ》に水を汲《く》んでおく。

表と勝手口の戸は開け放してあるので、風が通っていささか寒い。それでも動いているうちに、気にならなくなるだろう。

「いざ」と気合を入れたところへ、「すみません、すみません」と詫びながら、戸口に姿を現した者がいた。

「すっかり遅れてしまいまして」と、荒い息を吐いているのは只次郎。逆光になって顔はよく見えないが、声で分かる。

ほっ、と肩から力が抜けた。ほんの三日ぶりなのに、なぜだかすでに懐かしい。

よかった、来てくれたと、心から思う。だがお妙は裏腹に、「遅いじゃないですか」と不平を洩《も》らしていた。

三

「いやぁ、大変だったんですよ」

真冬だというのに鼻の下に汗を浮かせ、只次郎はへらへらと笑っている。来ないのだろうかと、気を揉《も》んだのが馬鹿らしいほどいつも通りだ。

「菱屋のご隠居が、胴上げで腰を痛めてしまいましてね」

今日のこの日は大伝馬町の菱屋でも、朝から奉公人総出で煤払いをしたらしい。なにしろ間口三十九間の大店である。出入りの職人や抱えの鳶《とび》の人足までが手伝いに訪れるとあって、祝儀やふるまい酒の用意だけでも大仕事だったろう。

大勢で作業をしていると、やけに場が盛り上がってしまうことがある。ご隠居を胴上げしようと言いだしたのは、誰だったのか。ご隠居自身も悪い気はしなかったようで、されるがままになってしまった。

「まったく、いい歳《とし》をして困ったもんだね」

お勝がふんと鼻で笑う。歳を顧みずに楽しみを追い求めることがご隠居の元気の源だが、今度ばかりは裏目に出てしまったようだ。

医者の見立てによると、むこう七日間は枕《まくら》を上げぬようにとのこと。だがそれでは新春に向けて準備をしていた、鶯のあぶりができなくなってしまう。

そこで、大急ぎで只次郎が呼ばれた。ご隠居のところには、愛鳥ハナと升川屋から預かっている鶯がいる。床を敷いて横たわったままのご隠居に懇願《こんがん》されて、その二羽の面倒を見ることになった。

「なにせひと晩あぶりが抜けただけでも調子が崩《くず》れますから、明日伺いますというわけにはいかなくて」

せめて『ぜんや』には遅れることは伝えておかねばと下男に言いつけてから出かけたが、林家でも本日は煤払い。鶯を引き取って帰ってみれば、「忙しくて忘れておりました」と言われ、仰天した。

「そんなわけで、これでも大慌てで来たんですが。あ、これせめてもの詫びのつもりです」

そう言って差し出された包みには、歳暮でもらったらしい鶏肉《とりにく》と、林家の菜園で取れたという根深葱《ねぶかねぎ》が入っていた。鴨《かも》と葱、というわけにいかなかったのが、貧乏旗本の林家らしい。鶏は歳暮の品として、鴨よりは一段下がる。

「そりゃ気を遣《つか》わせて、かえって悪かったね」とそれを受け取ったのは、お勝だった。

お妙がいつまでももじもじとして、手を出そうとしないのを見かねたのだろう。どうしたことか、素直になれない。只次郎が来たら己の頑なさを詫びて、礼を言おうと思っていたのに。「この間はすみませんでした。いろいろとお骨折りいただき、ありがとうございます」ほら、簡単な文言《もんごん》ではないか。

それなのに、やけに口が重くて開かない。この感情には覚えがある。お妙はかつて、叱られるとむっつり押し黙ってしまう子供だった。

申し訳ないという気持ちと、少し納得できない気持ち。それから生来の意地の強さが邪魔をして、ひと言謝れば済むものを、相手が根負けするまで黙り通したこともある。

嫌だ私、あのころからなにも変わってないんだわ。

長じるごとに人との接しかたを学び、それなりに柔軟になったつもりでいたのに、なぜこんなところでつまらぬ意地を張ってしまうのだろう。

只次郎がご機嫌を伺うように、曖昧《あいまい》に笑いかけてくる。これに微笑《ほほえ》み返せば、この人はあからさまに安堵《あんど》の色を見せるはず。

そう思うとむしゃくしゃして、お妙はぷいとそっぽを向いてしまった。

お勝がさり気なく、肘《ひじ》で脇腹を突いてくる。

「馬鹿だね」と、呆れられているのが分かった。

「ひゃあ。似合うじゃないか、お侍さん」

二階の内所から下りてきた只次郎を見て、おえんが笑い転げている。

「マル」が余分に持って来ていた印半纏《しるしばんてん》と脚絆《きゃはん》を着けて、只次郎は「そうでしょうか」と頰を搔《か》く。尻《しり》っぱしょりをしていても、うっすらと気品が漂っているところがやはり武家の男である。

「お、男ぶりが上がったじゃねぇか」

「魚臭ぇのはちと我慢してくんな」

「カク」と「マル」も只次郎を囲み、笑い合っている。「ほれ、こうすりゃ盗人《ぬすっと》はだしだ」と手拭いを頰っ被りに結んでやり、ずいぶん打ち解《と》けている様子。

これがつい先ほどまで喋ったことのない者同士だったのだから、只次郎の愛嬌《あいきょう》には恐れ入る。

お妙はただ黙々と、最も煤の溜まりやすい竈付近の掃除に取りかかっていた。

「あっちは盛り上がってるみたいだよ」と、お勝がわざわざ厭味《いやみ》を言いにやって来る。

「ええ、それは結構なことで」

口元を覆う手拭いが、早くも息で湿りだす。

本当に、いい気なものだ。まだお妙の許しを得ていないというのに、楽しげに笑い合っている。あちらがもう少し、反省の色を見せてくれれば——。

そうだ、只次郎はまだ、嘘をついたことを謝っていない。すべて「よかれ」と思ってやったこと、本心からすまながっているわけではないのだ。

このままお妙の怒りが解けるのを、ひたすら待つつもりでいるのだろうか。仲買人たちと気さくに語り合いながら、ちらりちらりとこちらを窺っている。

なによ、そっちがその気なら、私だって。

ますます意固地になるお妙の顔に、落とした煤が降りかかる。小さな粒が目に入り、涙がぽろぽろと零《こぼ》れてきた。

「うわぁ、びっくりした！」

只次郎の叫声《きようせい》と、「フギャー！」という猫の不機嫌な声。皆の注意が逸《そ》れた隙《すき》に、お妙は目尻に残った涙を手拭いの先でさっと払う。

開け放した表の戸から、逃げ去ってゆく白猫の姿が見えた。梁の上で寛いでいたところを、いきなり煤竹に撫でられ、驚いたのだろう。

一度魚の切れっぱしをやってから、餌《えさ》の無心に来るようになってしまった猫である。

戸を閉て切ってあってもどこか入れる場所があるのか、気がつけば店の中にいる。特に寒《た》くなってからは、許可した覚えもないのに寝床に潜《もぐ》り込んでくるようになった。そんなに懐かれてもと思うのに、冷え性のお妙にもその温《ぬく》もりはありがたく、邪険にはできずにいる。

「なんだか悪い男に引っかかった女みたいな言い分だね」と、お勝には笑われた。

自分より先に逝《い》ってしまう生き物に情を移すつもりはないのだが、一人寝の寂しさを紛らすためにすがってしまう。たしかにお勝の言うとおりだ。

「あの猫、まだいたんだねぇ。名前はなんてぇんだい？」

おえんが小上がりの縁に足をかけ、勇ましく煤を払っている。声がよく通るので、隅々《すみずみ》にまで響き渡る。

「ありません。飼っているわけではないので」

お妙は心持ち声を張る。大きな声を出すのは、あまり得意なほうではない。

「ええっ、なんでさ。名前がなきゃ呼ぶとき困るだろ」

あの猫は、むしろ呼んだ覚えもないのに勝手に入って寛いでいる。腹が減ればすり寄って来るし、特に不便なことはなかった。

それなのに、「シロなんてどうです」と只次郎が余計なことを言う。

「そうだな、猫の名なんてぇのは分かりやすいのが一番だ」

「カク」までそれに賛成し、お妙がなにも言わぬ間に、決まってしまったようである。

もっとも自分の猫ではないのだから、人からなんと呼ばれていてもいいのだが。

もやもやしたものを抱えながら、聞いていないふりを決め込んだ。

「あれ、これはなんでしょう」

だから只次郎がなにか拾ったらしいことも、聞かないふり、見ないふり。

「なんだい？」と、「マル」が只次郎に顔を寄せた気配がある。

「今、梁の上から落ちてきまして。薄っぺらくて白っぽい――」

「ああ、そりゃ鯛中鯛《たいちゅうのたい》だ」

さすがは魚河岸の仲買人。ぴたりと言い当てたようである。

「鯛の、胸鰭《むなびれ》の付け根んとこにある骨だ。ちょうど目があって尾があって、鯛みてぇな形をしてんだろ。鯛の中にある鯛、だから鯛中鯛ってぇんだ」

「へぇ、不思議ですね。言われてみれば、たしかに魚の形です」

「さっきのシロが、梁の上でご馳走《ちそう》を食ったんだろうな」

そういえば三月の花見のため桜鯛を調理した際に、アラを猫にやった覚えがある。

そのときの骨が、ずっと残っていたのだろうか。

「目出てぇ鯛の中の鯛だから、縁起物だぜ。財布の中に入れとくと、いいことがあるんだってよ」

「なんだって。ちょうだい、ちょうだい。あたしにちょうだい！」

おえんが小上がりの縁からぴょんと飛び下りる。特別困っていることがあるわけではなく、縁起物が好きなのだ。

「いいですよ、はい」

元はといえばただの骨。只次郎は惜しげもなくくれてやる。

「ほらそこ、油売ってないで手を動かす！　旨いものにありつきたいなら、なおさらだよ！」

そこへお勝の喝が飛び、一同背筋がぴんと伸びた。

「ようし、たっぷり働いた後のほうが、飯も旨くなるってもんだな」

「鍋。ほかほかの、寄せ鍋」

「いけねぇ、腹の虫がもう鳴いた」

煤払いの後の鍋を、よほど楽しみにしているのだろう。のらりくらりしがちなおえんまでが、せかせかと手を動かしはじめた。

「まったく、現金なもんだよ」

そう言うお勝も、普段はろくすっぽ働かぬ給仕である。

とにかく清々《すがすが》しい気持ちで旨いものが食べたい。

皆のそんな気持ちが合わさって、『ぜんや』の煤払いも夕七つ半前にはどうにか終わった。

「やれやれ、くたびれたねぇ」

「うへぇ、鼻の穴まで真っ黒だ」

「ひとまず片づけだね。お妙ちゃん、煤竹は焚《た》きつけにしちまっていいだろ？」

「ええ、お願いします」

後始末は任せることにして、お妙はひと足先に手と顔を洗い、着替えを済ませた。

鍋の用意をするのである。

具は仲買人たちの手土産である金目鯛と、只次郎の鶏肉。おえんが「小振りだけど安かったんだ」と蛤《はまぐり》を持って来てくれて、なんとお銀までが芝海老《しばえび》を持ってひょっこりと現れた。海老は人相見の客が、謝礼代わりに置いて行ったらしい。

「海老なんかじゃなくって、金を置いてけってんだ」

床几にちょんと腰掛けて、お銀はぶつくさと不平を洩らしている。いつもは飯を炊《た》くくらいで、お菜は屋台で賄《まかな》っているようだ。食材を持って来られても、持て余してしまうのだろう。

春菊、芹《せり》、椎茸《しいたけ》、豆腐は店にあった。各々が持ち寄った具材がご馳走になる、寄せ鍋とはよく言ったもの。後で取り分けて、おタキにも持って行ってやろう。

竈に火を起こし、昆布《こんぶ》を入れて水を張っておいた大鍋をかける。赤々とした金目鯛をまな板に載せ、鱗《うろこ》を取りはじめたところへ、羽織袴《はおりはかま》姿に戻った只次郎が「あの」と遠慮がちに声をかけた。

「えっ、召し上がって行かないんですか？」

只次郎は、なんとこれで帰るという。お妙は驚き、意地を張っていたことも忘れて引き止めた。この食いしん坊が、いくら喧嘩《けんか》をしているからって、なにも食わずに帰るとは。

「ええ、鶯のあぶりがあるので」

そうだった。日没前から灯火を見せて、鶯の感覚を狂わせると聞いている。飯を食っていると、とうてい間に合わない。

「そりゃ残念だ」と、お勝が横槍《よこやり》を入れてくる。

「寄せ鍋のなにがいいって、魚やら貝やら野菜やらの出汁《だし》が、絶妙に絡み合うところだろ」

「え、ええ。そうですが」

「その後にこの子が作る雑炊《ぞうすい》が、とにかく絶品なんだけどねぇ」

「ぞ、雑炊！」

只次郎の喉《のど》が、見て分かるほどごくりと動く。

「でもまぁ、しょうがないか。あんたにとっちゃ大事な飯の種だ。雑炊は、あたしらだけで楽しむとするよ」

追い打ちをかけられて、ついに頭を抱《かか》え込んだ。なにやら算段しているようで、ふいに「お妙さん！」と顔を上げる。

「は、はい」

「一刻（二時間）ほどで戻りますから、私の分の鍋と、ぞぞぞ雑炊は、置いといてもらえますか？」

興奮のあまり、舌がうまく回っていない。気迫に押され、お妙は「はぁ」と頷いた。

「よかった。よろしくお願いします、頼みましたよ！」

しつこいほど念を押し、「では後ほど！」と身を翻《ひるがえ》す。この人、私の料理がどれだけ好きなのかしらと、お妙は悪い気もせず見送った。

「ああ、やだねぇ。素直じゃない中年増《ちゅうどしま》ってのは。梅の実は、青いまんまじゃ食えやしないんだよ」

只次郎が走り去ってから、お勝が小蝿《こばえ》でも追い払うように手を振った。青梅は生で食うと毒がある。もっと熟れろと言いたいのだろうか。

「お勝ねえさんに言われたくはありません」

お妙はぷっと片頬を膨らませた。こういう仕草もお勝は気に食わないはずだ。

「おや、なに言ってんのさ。あたしほど素直な女はいないだろうよ」

ひねくれたもの言いも本心から。お勝はそう言って胸を張った。

四

煤払いをしたその夜は、行灯《あんどん》を入れても心なしか明るく感じる。

天井にこびりついた煤は、そのぶん灯《あか》りを吸うのだろう。ぼんやりした光の輪が広くなり、目に映るものが新鮮だ。

「ふう」

井戸端で洗い物を済ませてきたお妙は、床几に掛けて火鉢にかじかんだ手をかざす。

握って、開いて、手と手を擦《こす》り合わせる。感覚が戻ってくると共に、硬く凝《こご》っていた体の芯《しん》が、ゆるりゆるりと解けてゆく。

皆たらふく鍋を食って、ほろ酔い加減で帰って行った。こくりこくりと舟を漕《こ》ぎだしたお銀は「カク」が運び、洗い物を手伝ってくれたおえんも亭主と共に部屋に戻ったところである。

お勝もまた「くたびれちまった」と、川向こうの自宅に引き上げたばかり。只次郎をけしかけておいてそれはないと思ったが、「うちも明日は朝から煤払いをするからさ」と取り合ってはもらえなかった。

手伝いを申し出ても、夫の雷蔵はいるし独り立ちした息子たちも来るからいらぬと言う。可哀想《かわいそう》に、男三人はお勝にこき使われることだろう。

宵五つ（午後八時）の鐘が鳴っている。約束の一刻はとうに過ぎているが、只次郎はまだ現れない。あと半刻待って来なければ、竈の火は落としてしまおう。

なんだか今日は、林様を待つ日なのね。

戻って来たところで、どういう顔をすればいいのか。只次郎に対しては怒りも感謝も申し訳なさもあり、簡単には解けなくなっている。

かたんと背後で物音がした。本当にどこから入ってくるのだろう、白猫が梁の上から飛び降りたところだった。

「お前、また来たの」

追い払われたと勘違いして、もう来ないかと思ったのに。外は寒く、風のしのげる場所が必要なのだろう。

この猫とは、ただそれだけの関係だ。ここよりいい塒《ねぐら》を見つけたら、さっさと乗り換えてほしいもの。お妙にとっては、こんなちっぽけな命すら重荷だった。

金目鯛のアラをやろうと、立ち上がる。すっかり猫用になってしまった皿にひと切れ盛ろうとして、手を止めた。

菜箸《さいばし》でつまみ上げた部位を戻し、腹骨と尾のところをやることにする。

いつもはお妙が猫用の皿を手に取ったとたんすり寄って来て媚《こび》を売るくせに、どうしたことか今日の猫は毛づくろいに夢中で気づかない。「チチチ」と舌を鳴らしてみても、一心に顔を洗っている。

「ほら、シロ」

呼んでしまってから、しまったと手で口を押さえた。

だから嫌《いや》なのだ、名前なんて。猫ならそこら中にいるが、この目つきの悪い白猫はすでに「シロ」という一匹になってしまった。

あちらもまたその気らしく、「ニャア」と返事をしてくるではないか。足元に寄って来てアラを食べはじめた猫を見下ろし、お妙は重い息を吐く。

何日も姿を見せないと言って心配したり、探しまわったりするような生き物はいらないのに。かつかつと音を立てて食べる、鼻先が愛らしく見えてくる。

引き戸がガタガタと鳴って開き、ハッと正気に引き戻された。

「すみません、出がけに兄に捉《つか》まって！」

ようやく只次郎のお出ましである。

「あ、あれ。皆さんは？」

店内がしんとしているのに気づき、きょろきょろと首を巡らせている。

「お帰りになりましたよ」

「えっ、お勝さんも？」

「ええ、くたびれてしまったそうで」

「はぁ、そうですか」

これまで只次郎と二人きりになったことが、まったくなかったわけではないが、今は互いに距離を測りかねている。寒風が吹き込んできたのをしおに、お妙から声をかけた。

「閉めてください、寒いですから」

「あ、はい」

「火鉢にあたってください。すぐ鍋の支度をします」

只次郎がぎこちない動作で床几に掛ける。

こうなったら、我を忘れるほど旨いものを食わせてやるとしよう。


「う、まぁい！」

只次郎が眉間をぎゅうっと寄せて、天を仰ぐ。

いつも通りの手応《てごた》えに、お妙は内心ほくそ笑んだ。

最初のひと口に箸をつけるまでは、話が弾《はず》まず気詰まりで、只次郎もこちらの出方を探っているところがあった。それがどうだろう。眉間に皺《しわ》は寄っていても、まったく違う表情になっている。

「ああ、なんて上品な出汁でしょう。あっさりしているのに奥深くて、ほのかな磯の香りがたまりませんね」

器に口をつけて出汁を啜《すす》り、目を瞑《つぶ》る。その幸せそうな顔を見ていると、こちらもつい頬が弛《ゆる》んでしまう。

七厘《しちりん》の上でくつくつと煮えている土鍋の中に、具はまだ蛤しか入っていない。先ほどはおえんが好き勝手に具材を入れてゆくので、まさに「寄せ鍋」状態だったが、今は只次郎一人。つきっきりで鍋の面倒を見てやることにした。

鍋に残っていた蛤を只次郎の器に取り分けて、次は殻つきの海老を投入する。芝海老にしては大振りで、身がプリッと張っている。

これは煮すぎると味気ない。頃合《ころあ》いを見計らい、空になった器に出汁と共によそってやった。蛤のみの出汁よりも、やや色がついている。

「ふはぁ、味が変わった!」と目を見張る只次郎。海老の出汁が加わって、ぐっとコクが増したはずだ。

「どんどん変わっていきますから、お楽しみくださいね」

そう言って、お妙は芹と春菊を鍋に入れた。

具材を一緒くたに煮込む鍋も、大勢でつつくぶんにはいい。だが本来、魚も海老も鶏肉も、煮え上がる頃合いはすべて違う。ちょうどいい頃合いで引き上げるには、こんなふうに一品ずつ入れてゆくしかない。

そうすると、鍋が進むにつれいくつもの出汁の味を楽しめる。味つけは醤油《しょうゆ》、酒、味醂《みりん》で少し薄めに、基本の昆布出汁は昆布を入れて煮すぎるとアクが強くなるので、あらかじめ大鍋で取っておいた。

「ふうん」

魚介の出汁を吸った青物が旨かったのだろう。只次郎は喜びに身を震わせている。お妙もすっかり油断して、くすくすと声を上げて笑ってしまった。

「あの、お妙さん」

「はい、なんでしょう」

笑い声が出たことで、きっかけを摑《つか》んだようだ。お妙は鶏肉と葱を鍋に入れつつ、問い返す。

「先日は、下手な嘘をついてすみませんでした」

頰にかかる湯気が温かいせいか、口元がふわりとほころんでくる。只次郎の誠実さが、くすぐったい。

「ええ、たしかに下手でした」

「面目ない」

「それでも信じたんですよ、私」

「信用、なくしましたよね」

「さあ、どうでしょう」

話をわざとはぐらかし、鍋の中に視線を落とす。鶏の丸い脂《あぶら》が浮いてきて、出汁が黄金色に輝いている。

「お酒、進んでませんけど」

「は、いただきます」

只次郎はまだ、お妙が凄《すさ》まじく怒っているものと思い込んでいるようだ。怒ってはいるが、それだけではない。その感情を伝えるのは難しい。

「さ、お召し上がりください」

鶏肉と葱を取ってやる。只次郎は酒で唇をちょっと濡《ぬ》らしてから、ほふほふと肉に齧《かじ》りついた。

「はぁ、体が温まってきました。出汁もなんと芳醇《ほうじゅん》な。竹筒《たけづつ》に入れて持ち歩きたいくらいですよ」

湯気で蒸されたか、ずずずっと鼻を啜る。

「旨い、お妙さんの料理を食うのもこれが最後かもしれないと思うと、ますます旨いなぁ」

どうやらこれっきり、出入りを禁じられるのではないかと危ぶんでいるようだ。お妙の性格上、そんな人を来るまで待ったりはしないのだが。

まぁいい、意趣返しだ。もう少しやきもきさせてやろう。

お妙が「そんなことはありませんよ」と打ち消してくれないので、只次郎はしゅんと肩を縮める。これほど分かりやすくて、よく賭場《とば》に潜り込むなど無茶なことができたものだ。

数日顔を見せないだけで、心配になるような人は困るのに——。

お妙は鍋に、金目鯛をそっと入れる。あらかじめ熱湯でさっと霜降りにして、冷たい水で締めてある。臭《くさ》みだけがうまく抜けているはずだ。

浮いてきた灰汁《あく》はこまめに掬《すく》い、出汁を透明に保ち続ける。金目鯛の身が白くなってきたところへ、豆腐と椎茸を沈めた。

「お椀《わん》、いただきます」

落ち込んではいても、食欲に影響はないらしい。またたく間に空になった只次郎の器に、若さを感じる。

「はい、どうぞ」

金目鯛をよそった器を折敷に置いた。アラも入っているから、出汁はよりいっそう濃厚になっている。

「ああ、これは——」

待ちきれぬようにひと口啜り、只次郎は呆《ほう》けたように口を開けた。もはや言葉も出ないようだ。潤んだ目でお妙を見上げ、何度も頷きかけてきた。

言葉はなくとも気持ちは伝わる。旨くてたまらないらしい。

「その胸鰭《むなびれ》のところ、簡単に外れますので」

「えっ」

お妙の助言に、只次郎はあらためて手元に目を落とす。胸鰭のついたアラが、二つとも器に入っている。

「お財布に入れておくと、いいことがあるそうですよ」

「ああ、そうか！」

ようやく合点したらしい。箸の先で胸鰭の根元を穿《ほじ》り、中の骨を取り出した。

鯛中鯛である。この骨はべつに鯛だけでなく、ほとんどの魚が持っている。鯛類のものが最も美しいのと、縁起のいい魚ということで、特に珍重されていた。

金目鯛は姿形が似ており鯛の名がついているが、実は鯛の仲間ではない。だがその鯛中鯛は、真鯛のものよりむしろ立派だ。

「おお、すごい」

薄く脆《もろ》いので壊さぬよう気をつけて、只次郎は左右二つの鯛中鯛を懐《ふところ》から取り出した懐紙で拭う。魚から魚の形をしたものが出てくるのは、何度見ても面白い。

「ありがとうございます。わざわざ取っといてくれたんですね」

「たまたまです」

猫にやろうとして、思い止《とど》まったことは秘密である。

この人に、どうかいいことがありますように。そんなふうに思える相手を、嫌っているはずはない。

只次郎にも思いは伝わったらしく、先ほどまで沈んでいたのが嘘のように、とびきりの笑顔を向けてきた。

「はい、ではお妙さんにも一つ」

手のひらの上に、鯛中鯛を乗せられる。やや飴色《あめいろ》がかった、美しい骨だ。

柔らかく握り込み、お妙はすっと頭を下げた。

「林様、ありがとうございます」

「え。あ、はい」

「まだ、言っていなかったので」

それだけで通じたようだ。只次郎は許された喜びと戸惑いに、その場で軽く居住まいを正す。

「いえ、そんな。私こそ、勝手をいたしまして」

「ええ、本当に勝手だとは思いますが」

「すみません」

「これからは、あまり心配させないでくださいね」

「えっ！」

酒の酔いが回ったのか、只次郎ときたら耳まで赤い。お妙はふふふと笑いながら、くらくらと踊り出した豆腐を掬う。椎茸も、ふっくらとして旨そうだ。

「お待ちかねの雑炊ですが、少し待っていただけますか。生米《なまごめ》から煮ますので」

「生米！」

雑炊と聞いて、一気に頭が切り替わる。只次郎も現金なもの。だが旨そうなものに釣られない人間は、むしろ信用ならない気がする。

「お作りしますか？」

「お願いします！」

かしこまりました。お妙は心得顔で頷いた。

五

よく砥《と》いで水を吸わせておいた米を、艶々と輝く出汁の中に入れ、蓋をする。冷や飯を使えば手っ取り早く、充分旨いのだが、お妙の生家ではいつも雑炊は生米だった。

慌ただしく働いた煤払いの夜は、炊き上がりを待ちながら「ちょっと一服しまひょ」と母が言う。鍋を食った後でお腹《なか》はあらかたできているから、急《せ》くことはなにもない。小さな楽しみを目の前にして、取りとめのない話をするのが幸せだった。

只次郎もまた、わくわくと湯気を吹く土鍋を眺めている。じっと見ていると待ち遠しいので、お妙は二人分の番茶を淹れて隣に掛けた。

「まだですか」

「ええ、まだですよ」

熱い番茶に口をつける。ふと見れば、いつの間にか猫がいなくなっている。今夜は余所《よそ》で寝るつもりなのか、それとも猫同士の約束でもあったのか。その気まぐれな生きかたには、憧《あこが》れもある。

土鍋はくつくつと音を立て、旨そうな匂いばかりを振りまいている。出汁の匂いの中に、米の煮える甘い香りが混じりはじめた。

只次郎といて、こんなに穏やかな心地になるのは久しぶりだ。まるで春先の縁側で、茶を啜り合っているかのよう。ぽかぽかと、腹の底から温かくなってくる。

「ご隠居の腰がよくなったら、又三の墓参りに行きませんか」

しばらく沈黙を保ってから、只次郎がぼそりと呟く。

「ええ、そうですね。又三さんにはもう、お詫びのしようもありませんが」

「お妙さんに詫びられちゃ、又三も立つ瀬がないですよ」

「そうでしょうか」

命を落とすおそれがあると分かっていれば、なにがなんでも引き止めたのに。悔やんでも悔やみきれないこの思いは、死ぬまで抱え続けなければいけないのだろう。

「まだ分かっていないことは、きっとご詮議で明らかになりますから」

「でも佐々木様は、又三さん殺しについては言い逃れをする気ではないかと」

柳井殿の話によると、佐々木様は駄染め屋に「又三を殺せ」とは命じていない。駄染め屋の早合点だ、そんなつもりはなかったと、言い張ることはできそうだ。その無理を通すため、すでに根回しをしているかもしれない。

「またお勝さんに、泊まりに来てもらっちゃどうです？」

一人では心細いのではないかと、只次郎が気を回す。お妙は「いいえ」と首を振った。

「平気です。そんな迷惑はかけられませんし」

「ですが――」

「私は充分心強いですよ。林様や皆さんが、こうして心配してくださって」

この先なにが出てくるのか、不安がないわけではない。だが善助を亡くしたばかりのころとは違い、こんなにも人に支えられているのだと感じられるようになった。お節介も多いけれど、それもきっとお互い様だ。

「さっき、ふと思ったんです。林様は、私にとって――」

「ええ。私が、お妙さんにとって？」

只次郎が、ごくりと息を呑む気配がする。お妙はにこやかに先を続けた。

「長年の、茶飲み友達のような方になるのではないかと」

「はっ、茶飲み友達？」

「すみません、失礼なことを」

「いえ、いいえ！　茶飲み友達、結構じゃないですか。飲みましょう、共に白髪《しらが》が生え揃《そろ》うまで、茶を飲みまくりましょう！」

高らかに声を上げて笑いだす。おかしな人だとお妙も笑う。そんなに茶が好きだったのなら、もう少しいい茶葉を仕入れておこう。

鍋の煮える音が、微《かす》かに変わった。そろそろだ。

お妙は立ち上がり、調理場で手早く溶き卵を作る。その椀を手にして戻ると、只次郎はまだ「そっか、お茶かぁ」と呟いていた。

「林様、もうできますよ」

布巾《ふきん》で土鍋の取手を掴み、杉板の折敷の上に移す。七厘《しちりん》に掛けっ放しにしていると、卵が煮え過ぎてしまうのだ。

蓋を取ると、もわっと香ばしい湯気が立ち昇った。手早く卵液を回しかけ、再びさっと蓋をする。

只次郎の目は、もはや土鍋に釘《くぎ》づけだ。

雑炊を蒸らしている間に、七厘を調理場に片づける。床几の上をすっきりさせてから、新しい椀と玉杓子《たまじゃくし》を運んでゆく。

「いいですか、いきますよ」

蓋をつまんで声をかけると、只次郎は目を見開いたまま頷いた。

「うわぁ！」

灯火を受けて、雑炊の米がきらきらと光っている。濃厚な出汁をたっぷり吸い込んで、柔らかになった米である。卵がそこにとろりと絡み、玉杓子でかき混ぜると「の」の字が描《か》けた。

「さ、どうぞ」

これ以上の味つけは必要ない。椀によそい、木の匙《さじ》を添えて出す。

「い、いただきます」

できたての熱々だ。ふうふうと吹き冷まし、只次郎は大きく口を開けた。

「はひっ！」

舌を焼いたようだ。ひと口が大きすぎるのである。

ぬるくなった茶を含めばいいのに、味が薄まるのが嫌なのか、涙を浮かべながら耐えている。口の中でしっかり冷まして飲み込んでから、「はぁ、うまぁ……」と腹の底から息をついた。

「ゆっくり召し上がってくださいね」

どこかで猫の声がする。

お妙は目を細め、かつかつと飯を食う只次郎を見守った。

本書は、ハルキ文庫（時代小説文庫）の書き下ろしです。

時代小説文庫
さ 19-5

ころころ手《て》鞠《まり》ずし 居酒屋《いざかや》ぜんや

著者 坂《さか》井《い》希《き》久《く》子《こ》

2017年 9月18日 第一刷発行
2018年 5月18日 第四刷発行

発行者 角川春樹

発行所 株式会社 角川春樹事務所
〒102-0074 東京都千代田区九段南2-1-30 イタリア文化会館

電話 03(3263)5247[編集] 03(3263)5881[営業]

印刷・製本 中央精版印刷株式会社

フォーマット・デザイン＆シンボルマーク 芦澤泰偉

ISBN978-4-7584-4107-0 C0193

http://www.kadokawaharuki.co.jp/[営業]
fanmail@kadokawaharuki.co.jp[編集] ご意見・ご感想をお寄せください。

坂井希久子の本

ほかほか蕗《ふき》ご飯

居酒屋ぜんや

家禄を継げない武家の次男坊・林只次《ただじ》郎《ろう》は、鶯が美声を放つよう飼育するのが得意で、それを生業とし家計を大きく支えている。ある日、上客の鶯がいなくなり途方に暮れていたときに暖簾をくぐった居酒屋で、美人女将・お妙の笑顔と素朴な絶品料理に一目惚れ。青菜のおひたし、里芋の煮ころばし、鯖の一夜干し……只次郎はお妙と料理に癒されながらも、一方で鶯を失くした罪責の念に悶々とするばかり。大厄災の意外な真相とは——。美味しい料理と癒しに満ちた、新シリーズ開幕。

（解説・上田秀人）

時代小説文庫

坂井希久子の本

ヒーローインタビュー

仁藤全《あきら》。高校で42本塁打を放ち、阪神タイガースに八位指名で入団。強打者として期待されたものの伸び悩み、十年間で171試合に出場、通算打率2割6分7厘の8本塁打に終わる。もとより、ヒーローインタビューを受けたことはない。しかし、ある者たちにとって、彼はまぎれもなく英雄《ヒーロー》だった——。「さわや書店年間おすすめ本ランキング2013」文藝部門1位に選ばれるなど、書店員の絶大な支持を得た感動の人間ドラマ、待望の文庫化！
（解説・大矢博子）

ハルキ文庫